楊錦郁插花作品「迎向晨光的百合」

楊錦郁插花作品「熱帶的花園」

花希望成為自己的樣子

楊錦郁——著

目次

輯三　一個人的花藝課

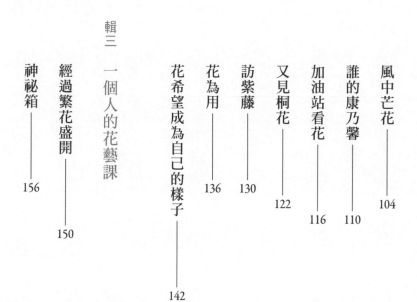

【推薦序】

花的顏彩是迴旋的經咒

蕭蕭

一年有四季，一季裡大約有六個微微相異的節氣，譬如春天裡的立春、雨水、驚蟄、春分、清明、穀雨，我喜歡驚蟄時萬物一面甦醒、一面伸懶腰的聲音，我也喜歡清明前、穀雨一過那三天，想像採茶人的忙碌與喜悅、空氣中春茶未烘焙的綠與青澀味。我們小時候的父祖輩幾乎都是農夫、農婦，他們都懂節氣，眼睛一溜天或地，就可以預告未來的風雨、寒暑、動植物的生長姿勢，八九不離十。進入工商時代、城市文明之後，人與大自然的繫連好像減少了十之八九，不再是整片整片的俯臨、覆蓋，但是寸絲微縷，猶有可以搜尋的跡痕，好比說，盆栽與瓶供就是人與大自然不斷、不捨、不離的綠色臍帶。

散文家楊錦郁發願學好供佛的智慧，將插花的習得當作課業、志業，一再精進自己，初級、進階而後進入研究專班，而且在學習切花、供花的過程，思考花與佛、花與人生、智慧的繫連，肯認「花就是禪」而撰寫了系列散文，如今收集成書，她選了《花希望成為自己的樣子》作為整體的書名，契合了佛家認識自性的本義，一般人為神佛供清茶，很少人更深入思考茶之所以為清的必要及其過程，一般人為神佛供鮮花，很少人因而思考花之顏彩與佛的莊嚴、心的清淨與反思、反思的必然或本然。楊錦郁卻因為這趟學習而有了這份思考，因為這份思考而發現了眾生都有「自己的樣子」，都該發現「自己的樣子」，都希望成就「自己的樣子」。

習佛、吃齋多年的朋友都深信「人人有佛性」，這佛性，或者稱為如來藏、胎藏，或者六祖所說的「何期自性，本自清淨！何期自性，本不生滅！何期自性，本自具足！何期自性，本無動搖！何期自性，能生萬法！」（《六祖壇經．行由品》）的「自性」，其實都指向人人心中自有一個發電機，自有一個小太陽，全天下當老師的或許都要有這樣的體認：

教育，就是喚醒每個學生心中那顆可以自我發光的太陽！

教育，就是讓學生找到自我，成為學生自己的樣子。不是以老師為型模，將學生塑造成古聖先賢。

學習插花的楊錦郁心中清明，她從人指向花：花希望成為自己的樣子。

插花是美與虔敬的呈現，是將花的本質性特色——它自己原來的樣子——楊錦郁稱之為「天生氣質」——展現出來。

〈花希望成為自己的樣子〉是主體文，但放在這本書第二十篇的序位上。花藝的學習跟期刊編輯一樣，版面、版圖的空間規劃有其節奏美，紅花所在再不起眼也不會被綠葉所掩。我們會發現，《花希望成為自己的樣子》整本書分為三輯，均勻布置了三十篇散文，輯一的「觀花如菩薩」是從供「佛」的禮敬、虔誠開始敘說，輯二是「百花叢裡過」，很明顯的從佛到「人」，環繞著花卉的人生觀察與生命思考，輯三的「一個人的花藝課」更縮小到個人的「我」的花藝學習記事本。這三輯的進程，是理性裁剪的妥貼裝置，輯一輯二是本，輯三是末，但沒有輯三花藝課的雕蟲末技學習，也就不會有人性、眾生的生之根本省思。末技，何嘗是末技！顯然，〈花希望成為自己的樣子〉這篇主體文，是放在這本書該在的所在了，長成它自己該長的顏彩。

〈花希望成為自己的樣子〉從應景年花的金黃富貴氣，吉利意涵，去營造人間大眾的審美觀，對應的是洋紫荊、扶桑花、九重葛花片質地薄脆，卻隨意攀騰的野性縱放，作者沒有特意去辨明孰優孰劣、誰對誰錯，只是適時適地，欣賞不同的美感，不是嗎？同樣被稱為「土豆」，花生有花生的香氣，馬鈴薯有馬鈴薯的綿密。同樣是「英雄樹」，叫我木棉，我也攀向高枝；叫我斑芝，我也英挺長出橢圓形的果實蘊藏著被棉毛的種子。

〈花希望成為自己的樣子〉在文章的最後，提到了色系俗豔的圓仔花：「跟我小時候在彰化市北門福德祠旁的電線桿下所見的一模一樣，原來它們至今都沒有丟失自己天生的氣質、原來的樣子。」正呼應著這冊散文集的首篇〈千日紅與老來紅〉，就因為圓仔花、雞冠花沒有丟失天生的氣質、一直做著自己、長著自己啊！

「圓仔花，不知醜」，就圓仔花而言，那就是一種生存的自信啊！美得很有自信。

當然，眾生平等，文集裡也寫到了曇花、蘭花、玫瑰、百合，甚至於發展出花的食用價值、藥引效果。花希望成為自己的樣子，在楊錦郁筆下更多出菩薩的心腸。

花的顏彩一直是人間迴旋的經咒，淨心，和婉，尤其在「花就是禪」認知下的楊錦郁文集裡，美與善的迴旋，適合一甌八卦山上的四季春、南投凍頂山裡的烏龍茶，或者僅僅是一杯適溫適口的白開水，也就一切適心適意了！

二〇二三年，春末穀雨

【推薦序】

雙手的記憶

李時雍

長時風乾後的葉，垂落如遺蛻，原來鮮豔的花早已一瓣瓣脫去，橫長的細莖徒留花形，被以紙膠帶輕輕固定於視線所及的牆面，而更像時間的見證。見證日本編舞家尾竹永子以植物般堅韌身姿，走返人所忽視遺忘的土地。

那是我書桌前近處，曾獨有的一種顏色，自那場淡水演出帶回舞蹈家向觀眾擲出的花莖。當花葉枯萎，清香消散日久，忽有一天卻又聞香氣，才發覺桌前新放上一座小小石墨色的器皿，一枝極纖細的花，從花器隙口探首挺立著。隔週又或換上方形玻璃容器，像微型園地，承載著毬果或耐乾植株。亦曾有長頸瓶身托著開闔的蓮。

母親重習花藝的這些年，習慣將練習餘留的花材，分別點綴在屋裡四處，廚房料理檯邊沿，餐桌一側，窗臺上，我的工作桌則因擱有書本文件而換得小小的花器。母親換上新花，有時會對我介紹類屬名字，玫瑰、百合、雛菊，更多時則彷若日常的澆水。我想起她在〈經過繁花盛開〉曾寫到花藝大師上野雄次後期歸返本真的「一花入魂」哲學，母親置於桌前的侘寂簡約，一朵花、一毬果形似而不然，實則更有種繁碌日常的留白。

總是入夜，她會將教室帶回的花藝作品悉心解開，重將根莖、細枝、花葉並列覆滿餐桌，按不同美學風格，重新綑綁、纏繞、架構，有如雕塑，以枝條為材質、莖葉花朵似顏料，文藝復興藝術家說，只是將深藏原石中的形象解放，母親則令埋藏於植株中的風景浮現。但即使花材繁複、瀰漫層疊氣味，其花藝，總有留白之餘韻，以此相對生活。

收錄在這部《花希望成為自己的樣子》系列散文，即是母親學習花藝後一段時間，同步開始的寫作。最初，原為還小西巷歲月隨我的外婆出入寺院所隱約浮現佛前「供花」之願，多年後決心重投入插花課（〈千日紅與老來紅〉），隨著一花一葉的架構，手心上的柔軟花瓣，也吐露召喚著感覺記憶，花剪修整的因此還有千絲萬縷的情思，隱隱織纏自《小西巷》、《霧中恆河》至此的三部。巷中老宅陽臺上一盆含苞曇花（〈月光下的等待〉），詩巫拉讓江畔旅路邂逅的熱帶米蕉（〈走入蕉科家族〉），前往菩提迦耶正覺塔沿途攜朵金盞花、茉莉、睡蓮（〈荷花都開了〉），一幅山茶花油畫，串起一家與畫家詩人歷久而真摯的情誼……。並從輯一的觀花思索，輯二有了花與人的根莖架構，收束於輯三花之藝與插花人恆長的學習。

多篇也收存了我們一起觀花的故事，偕伴看無垢舞蹈劇場芒花搖曳而寫下〈風中芒花〉，或〈誰的康乃馨〉寫碧娜・鮑許舞作牽起的家族舊事。這些文章初始以「花就是禪」為名刊於副刊專欄，每回母親寫完交稿前，便會先傳來給我們看，然後問說，寫得怎麼樣，就像她拆解又重新完成花作後，也會問我們說，好看嗎？

從供花的心願始，由禪意所生，散文集卻完成更遠，不只伸延於自然寫作的枝葉，相對古典的園林、花木，《花希望成為自己的樣子》集成了另一種「花藝書寫」

精緻的展現，其中有侘寂留白的哲思，亦有西洋花藝基於媒材和技藝的繁美，存有花之本然，也寫下雙手的記憶。竟彷如哲學家那句：「講故事人的蹤影依附於故事，恰如陶工的手跡遺留在陶土器皿上。」

緩讀文字時，我想著家中器皿花間所留下母親的手跡，供桌一朵香花，桌前那枝花莖風乾的故事，又或微小花器中，猶若歲時遞嬗的一葉顏色。寫作和花藝相似，都為生活留白，都為完成自己，記得的自己，即美的樣子。

【輯一】

觀花如菩薩

花的名稱或俗或雅，
本質不變；
變化不停的，
是賞花人的心緒。

千日紅與老來紅

幼年居住在彰化市的小西巷，大宅院的後面出去幾步路，就是北門福德祠廟埕，緊鄰廟埕有幾戶巷弄深處的人家，左鄰右舍可說是雞聞相問。

由小西巷內轉進北門福德祠廟埕的這條巷弄很窄，平日除居民們出入走動外，腳踏車或機車甚少進入，孩子們經常聚在巷弄嬉戲，追逐吵鬧到廟埕前那片容搭戲台的空地。廟埕的人家前多半種植些盆栽，住屋旁電線桿下還蔓生著小草小花的，視覺上多點綠意。

那時，女孩們很流行在酢漿草中尋找幸運草，尋常的酢漿草是三片葉，四片葉的酢漿草被視為幸運草。為了要尋找幸運草，我們常在有酢漿草的地方巡視，我從來沒有撿到幸運草，倒是會摘一兩片酢漿草嚼著，微酸的滋味帶點清香，是我喜歡的滋味。

在採撿酢漿草的同時，順便就認識了圓仔花，圓仔花常在電線桿下或牆角下四處蔓生，豔麗粉紫的小花貼近地面，被視為是濫生的植物，連孩子們也懶得採來玩。比較會想到它的是吵架或罵人的時候，尤其是罵女生，一句「圓仔花」力道十足，讓被罵的人委屈不已，畢竟「圓仔花，不知醜」是眾所皆知的俚語。

廟埕前的人家也有養火雞或公雞的，火雞常在空地上咕咕叫的走著，當牠開屏時，氣勢十足，孩子們通常會停止嬉鬧，上前圍觀，調皮的男孩們還會尾隨其後，想要觸碰牠的羽毛；而向來雄糾糾的公雞，相顯之下則遜色許多。養公雞的人家，屋前的花盆裡正巧也種著雞冠花，從名稱上來看，雞冠花的顏色和形狀很傳神，它也是易生的植物，感覺不特殊又到處可見，如同圓仔花一樣，甚少被採摘，除了七夕例外。

七夕，民間習俗上要拜七娘媽，七娘媽就是七位織女，據說最小的那位織女，每年只有當天才能和牛郎一度的鵲橋相會。七夕拜七娘媽時，除了祭祀品外，還要特別準備一盆水和毛巾、鏡子、胭脂水粉、香花，好讓七娘媽整裝梳洗，打扮得漂漂亮亮。而七夕拜拜用的香花慣常是圓仔花，或再加上雞冠花，圓仔花取其「團圓」的諧趣，雞冠花則有「加官」的意涵。這一天，在傳統市場會看到有人在販賣整理好的一串串豔紫的圓仔花和酒紅的雞冠花，如同一年只有端午節才會看到菖蒲的出現。

這也是每年唯一能看到圓仔花上廳堂的時候，圓仔花被認為既俗又醜，一般是上不了供桌的。通常被選做供花的，不是有「福氣」的劍蘭，就是有「吉祥」意喻的菊花，廳堂上的供花要能和吉利相應，討個好兆頭。

讀大學時，我學過短暫的池坊，那時的花材不似如今的繽紛多采，還有許多進口的。插花課時，主花最常用的有玫瑰、劍蘭、菊花、夜來香、金魚草、仙丹，配葉有紅竹、虎尾蘭等等，教授的老師年近中年，個性樸實，或許是自己彼時尚年輕，對於這段學習並沒有特別的領悟，只記得池坊「真・副・體」的基本架構。但記憶深刻的是，當時一同上插花課的同學有兩個比丘尼，在我看來，他們插花的功力已經爐火純青了，同樣的一份花材，經由他們的巧手，插出來的作品顯得格外高雅有意境。從旁得知，他們學插花的用意是為要供花。

我和母親有時也會到他們在八卦深山中的寺院，趁母親和師父們寒暄時，我會特意到大殿去欣賞佛前的供花，插在大殿的有松、蘭、菊，較諸在插花教室裡的盆花插作，顯得更為大器莊嚴。我想，自己關於「供花」的念頭，大概從那時在心中萌生。

時光流轉，行過中年，身心較有餘裕，能夠重拾插花的學習時，卻也發現花藝的發展已超出我的認知，市面上有各種流派的教學，光是日系就分不少卓然有成的派別，遑論美式、歐式的。可是我只想學供花，我明白自己重新接觸花藝，是希望有朝一日，我可以如同大學時一起上插花課的比丘尼，有能力在佛前供花。

就這麼等待著機緣，終於找到寺院教授供花的課程，立即報名，期待著新的學習。睽違多年再上插花課，每堂新經驗的花材令我驚豔，泰國的紅千代、南非的白史考梅、黃金鳥、洋桔梗、紐西蘭葉，我開心不已。

幾次之後，某堂課要插作的花材主花是粉雞冠，從枝是朱千日紅，花名後面括號寫著「圓仔花」。我拿到這份花材後，心裡納悶不已，那些長在北門福德祠廟埕前，向來被視為很俗的雞冠花和圓仔花，怎麼拿來當供花，它們應該上不了供桌的，尤其是「不知醜」的圓仔花。按捺不住，我舉手發問了，老師淡然地回答，「那是人對花的分別心，佛對花哪有分別心」，當下我啞口無言，繼而感到十分慚愧。

或許是夏季來臨，那一陣子我經常在中式和西式的插花課上遇到千日紅和雞冠花，而千日紅也不再如我幼時所見，只有豔俗的粉紫色，現在它化身乒乓白、酒紅色，又因為形態，在插作中總能達到點綴的效果。手綁多層次花束時，使用乒乓白的千日紅，既能架構出層次，又不致太沉重，小巧的圓仔花讓花作有跳動感。至於雞冠花也會用來做各種插作，那個夏天，我插過粉的、紅的、橘的雞冠花。雞冠花花朵大，有種飽滿感，在點線面的結構上，千日紅是點，它則是面。雖說知道要破除自己的「分別心」，但每次拿到雞冠花這個花材，心底深處仍難免有些微微的失望。

隨著秋分過去，千日紅和雞冠花也失去身影，插花課上有了冬季生長的花材，也讓我又因認識新花材而燃起熱情。轉眼間農曆新年將近，課堂上也有應景的年花插作，帝王菊、牡丹菊、杏花、松、竹、鳳梨花各種吉利諧音的花材盡出，而我也在這些準備供花的花材中，看到一大把一大把紅色的鳳尾雞冠花，當下徹底瓦解我從小對它「俗氣」的認知。

雞冠花以花形命名，雖不免被認為俗，然而得利「冠」之名，和吉兆聯結。尤其他在秋天開放，被歷代的文人墨客視為氣節剛強，又給予「老來紅」的雅稱，種種緣由，也讓雞冠花在蜀漢張翊所著《花經》中的花品錄中占有一席。

從圓仔花、雞冠花到千日紅與老來紅，花的名稱或俗或雅，本質不變；變化不停的，是賞花人的心緒。

月光下的等待

作家黃春明的夫人林美音女士是我的忘年之交，我慣常稱她姊，美音姊若在報上看到我的文章，多半會傳訊息告訴我，並分享文章裡一些花花草草的經驗。一天，她傳了好幾張美麗的曇花盛開照片，跟我說曇花又稱月下美人，建議我可以種種看。

我在十幾歲時就種過曇花，那時住在小西巷裡，媽媽請人在老屋上搭建一層約十多坪的屋子，讓陸續進入青春期的我們三個兄妹住，搭建的二樓有兩房一廳，還有一個約三尺寬的窄長陽台，主要用來晒衣，陽台貼牆則擺置一列盆栽。媽媽有十幾個手足，巧的是外婆前面生六個都是男的，後面生的五個全女生。因為年齡的差距，母親姊妹們和長大後紛紛自立門戶的兄長們並不親近，況且其中老四因去南洋參加太平洋戰爭失聯，老六送人當養子，根本沒來往。但母親帶我去過虎尾糖廠的宿舍看過他的五兄，而這個舅舅也曾到小西巷來探望過母親兩、三次。印象最深的是五舅每次都提著一、兩盆的盆栽當伴手禮，聽母親說他很喜歡種盆栽，他帶來的有鐵樹、觀賞型榕樹盆栽、軟枝黃蟬，還有曇花，我們通常用台語稱它「瓊花」。後來，不知為什麼，陽台上的這列盆栽變成中學生的我在照顧。

我不太瞭解如何照顧個別的植物，平日就是行禮如儀的澆澆水，鐵樹是插花用的花材，生長韌性強，不太需要管它；榕樹盆栽需要塑形，但那已超出我的能力範圍，日久，五舅精心雕塑的榕樹盆栽，枝葉蕪成一團；軟枝黃蟬沿著晒衣欄杆攀延，很快就向著陽光處開出朵朵喇叭狀的黃色花朵，花期又長，對我來說相當有成就感。而那一盆約三尺高的曇花自從送來家裡後，感覺上似乎文風不動，我只能吊書袋，從資料上查出曇花原本生長於南非、墨西哥等地，屬於熱帶性的仙人掌科，至於我們所看到的有點厚厚的長條葉片，實際上是它特殊的葉狀莖，在葉狀莖邊上有明顯的鋸齒狀凹痕，據說花苞就是從這個凹處生長出來，然而從書上理解的知識，對於我的想像空間並無太多助益，對於這盆曇花，我也沒有任何特別的感受，只是持續澆水。

我家隔壁住的是大戶人家，這戶人家擁有一個小橋流水的後花園，花園另有後門通往其他巷弄。小西巷最大特色是巷中有弄，我們平常騎車穿梭在巷弄間，時不時就會經過這座後花園的圍牆外。一日下課路過，發現有幾個居民們站在花園外張望，還朝著上方指指點點的，好奇地停下腳步隨著他們的目光望去，才知道原來他們正在欣賞從裡面攀牆而出的曇花，那掛在一長條一長條葉上的花苞，目測有十幾個，花莖彎曲如勾，花苞外面猶覆一圈紫紅色的細莖。鄰人們不時發出讚嘆，「這些瓊花真水啊！」然後又在談論間說，看起來應該今天晚上會開花。

那是我第一次看到曇花如成人握掌般大小的花苞，白色花苞外覆紫紅色絲狀的莖，造型獨特優美。我忍不住問大家，怎麼曉得這些曇花晚上會開？有人經驗老道的說，主要是觀察它的花筒，曇花要開的時候，花筒會向上微微的翹起。隨著天色變暗，賞花人紛紛道別歸去，臨去猶留下話尾，「可惜暗暝看不到開花」。這座花園後面的幾條分叉小弄十分狹窄，加上沒有路燈，小西巷的居民夜晚幾乎都不從這邊出入，因為實在太暗了。看到大家散去，我怕落單，跟著快速的回家，我想大概不會有人半夜還去看曇花開放。

軟枝黃蟬在陽台上盡情盛開了幾遍後，一天我無意間發覺那盆曇花的一片長葉鋸齒狀凹痕冒出一個小小的花苞，我有點不敢置信，靠近仔細看，算算那片葉子冒出三個綠豆大的小花苞。終於要開花了，我忍不住興奮，跑去跟媽媽宣布。

從那一天起，我關注著花苞生長的情形，曇花花苞一開始長得很慢，小花苞朝下生長，慢慢的花莖花苞抽長，等了將近一個月，終於看到我熟悉的樣子，也就是之前在鄰居花園圍牆看過含苞待放的樣子。到那個時候也特別緊張，怕一不留意錯過了花開，每晚總要到後陽台去巡視幾遍。一天，媽媽收完晒在陽台上的衣服，跟下課回家的我說，「陽台那棵曇花應該今天晚上會開」，我趕緊到後面看一下，三個飽滿的花苞果真轉而朝上，花筒微微翹起，正是怒放的前奏。

那晚，天氣極好，朗朗明月高掛夜空，後陽台闃黑，九點過後，我終於等到曇花綻放，但見紫紅的細莖托襯二十多片皎潔的花瓣，如同夜裡舞動的白色精靈。曇花開放是十分優雅的，慢慢的，從初開到盛放大約兩個小時，隨之而來的香氣也從清淡到馥郁，盛開的曇花成人手掌大小，雄蕊雌蕊以各自的姿態對望，花被花瓣花蕊花冠都以最美麗的樣子迎向月光，明月光也投射在曇花雪白高雅的花容上，那樣難得美好靜謐的氛圍，讓屏息的賞花人想忘也難。

曇花從初開到花謝只有三、四小時，因為隔天要上學，我沒有經驗它謝掉的過程。第二天早上，起床後再去看它時，只見長長的花莖和謝掉的花朵萎萎地垂下。壓制心底的喟嘆，我摘下開過的曇花，送至樓下給祖母，祖母體弱，早先便吩咐，要把謝掉的曇花留給她，她要煎糖燉煮來吃，說是補氣。因為對老人家的這個祕方沒興趣，沒多做探究，但還是會將謝掉的曇花留給她。

後來，曇花又開過幾次，一樣驚喜地在月光下守候，像在守候一場花與月接心的儀式，畢竟要看到曇花在月下盛開，是可遇不可求的。十八歲，我離開小西巷到台北讀大學，此後再也沒有機會看到曇花開放，也沒有再見過五舅，他在六十歲左右因心臟病突然過世。

美音姊在訊息裡還告訴我，她傳來的那些曇花照片是她朋友別墅種的，兩年前朋友將別墅賣掉，至今卻仍十分懷念那些曇花。我沒有多說什麼，但我懂得這樣的心情。離開那個後陽台種有一列盆栽的二樓屋子四十幾年，我至今仍憶念著當時在月光下等待曇花開的情景，當看到曇花盛開的高雅容顏，聞到怡人的香氣，縱然夜色深沉，月亮時而隱去，仍遲遲不願離去，那種出自內心自然而然的守候，宛如曇花的純潔無垢。至今才恍然明白，那原來是我跟曇花的一期一會，美好的依戀只能繫乎另一期的相會。

玫瑰人生

我從小就愛玫瑰花，尤其是紅色的，玫瑰花不是生活裡的花花草草，它一上場，都是有點特別的事，喜事偏多，且往往瞬間攫取眾人注視的焦點。

近幾個月來，我的生活空間幾乎隨時都有玫瑰妝點，花容花氣相伴，賞心悅目之餘，也覺得有些奢侈。這段時日，經過我插作的玫瑰花少說也有幾百枝，親手整理過大小不一、顏色和品種不同的花，當被刺傷成為尋常，我好像才有點逐漸接近它。

密集插作這麼多玫瑰，是在做新娘捧花的練習，練習分兩種，一是螺旋腳的花束；一是用鐵絲手綁的捧花。玫瑰常被用來象徵愛情，所以新娘捧花通常都有玫瑰花，我自己結婚的時候，新娘捧花就是一大束紅色的玫瑰花，那時的花材不若今日豐富，新娘的玫瑰花大多配上曳地的文竹，喜氣又飄逸，後來我只要看到文竹，就特別好感。

不過，現在的新娘捧花形態樣貌多變，有歐式的多層次自然草花風，也有端莊整潔的美式風，花材的採用更是繽紛，桔梗、非洲菊、繡球花、石斛蘭、滿天星、百合等等。據我的觀察，不論花材如何多變，玫瑰花多半是主花，所以在練習新娘捧花的過程，我插作過最多的玫瑰花，隨著手上拿到的單瓣複瓣、單色重色，大大小小不一的玫瑰花，我進一步瞭解到如今玫瑰花的品種已有百種，雖然種類繁多，但這上百種玫瑰花卻有一個共同的特色，就是美。

玫瑰花的美帶有點神祕的氣質，它的花瓣重重，隱藏其中的花心不易曝露，感覺它向外展現美麗的外貌，但內心深處卻不為人所知，這樣的氣質加上它還散發出雅而不俗的微微香氣，更加的吸引人。因此一座或大或小的玫瑰園，必然相當迷人。

在我的記憶深處，一直保有一座玫瑰園，那是小女孩時去過，位在員林的玫瑰花園。我家在彰化市，但爸爸工作上的客戶分布在彰化縣，常常要去員林、社頭拜訪客戶，而我那時髦的媽媽，有段時間每星期都要到員林找某個師傅做頭髮，媽媽出門都會帶著身為老么的我。當媽媽從美容院梳整完畢後，我們常會到員林鬧區小吃或四處逛逛。而我對於員林最深的印象，是當地有一座玫瑰園，玫瑰園位在鎮旁，進口處有一些特別的植物，如課本上介紹過的豬籠草，然後是一大片的玫瑰園，玫瑰花分成一畦一畦，紅的、白的、黃的、粉紅的在陽光照耀下綻放，伴隨一股清清的幽香，花園中還有白色的拱門，拱門上攀附著玫瑰花莖，讓人有種置身在歐洲的王室花園。即便當時年紀尚小，但員林那座美麗的玫瑰花園卻一直留在我的內心深處至今。後來我也看過若干歐洲王公貴族的庭園，但卻沒有留下太深的印象。

春分，得知士林官邸有一場玫瑰花展出，心想，姑且去瞧瞧曾經是第一夫人所擁有的玫瑰花園是怎樣的景致。果然不出所料，官邸玫瑰花園裡遊客甚多，大部分的人都忘情的在拍照，我也一樣。一畦畦不同品種玫瑰花，大多數是我未曾見過的，只能從它們的命名去聯想：「伊豆舞孃」花莖清瘦；「法蘭西斯」花容飽滿，顏色如陳年紅酒；「櫻鏡」似粉紅的寒緋櫻；「珠玉」和「紫薰衣」是小朵玫瑰花；「玉鬘」又名「蔓性粉露斯塔」，顧名思義有蔓生線條。其他還有「日光」、「漂亮寶貝」、「紫星」、「至愛」、「黑影夫人」等。只是在繽紛的玫瑰花園裡，卻不見我最初熟悉的紅的、白的、黃的簡單花種。不過，另一個熟悉的畫面，卻讓我感到雀躍，就是由玫瑰花做成的一道道拱門，我在玫瑰拱門下穿梭，感覺六、七歲小女孩的我，從拱門的這一端走進去，再從另一端走過來時，已是如今後中年的我，員林和士林的兩座玫瑰花園正好串起我半世紀的人生。

平日，為了學習手綁捧花，我固定要到老師開的花店教室去練習。一天，我踏進花店，立刻被一大盆已經插好，得用雙手環住的玫瑰花籃吸引住，因為花太多，不好做成花束，所以花店採用的設計是將紅色的玫瑰花剪短，整齊的鋪排成心狀，用提籃裝置。我仔細看了又看，心想這送禮的人可真是大手筆。問過老師，老師說這兩百四十朵玫瑰花是某男士要送給一個心儀女生二十四歲的生日禮物，我想著二十四歲的年輕女孩生日就接到兩百四十朵玫瑰花，那麼以後要怎麼辦啊？但脫口的是，二十四歲就收到兩百四十朵玫瑰花，那麼以後的人生一定要很精采。我想到自己，結婚後，三十八歲時收到先生送的三十八朵玫瑰花時，既開心又感動；當我和先生認識四十週年當天，出其不意收到他送的九十九朵玫瑰花時，雖然高興，但心底卻暗自嘀咕著，怎麼花那麼多錢啊，那也是我唯一一次收到的九十九朵玫瑰花。

生活中，要送出九十九朵或接到九十九朵玫瑰花，其實不尋常，那意味著有很重要的好事，畢竟這是玫瑰所代表的價值。我也送過一百朵玫瑰花，那是我乾爹一百歲生日的時候，我到花店訂花時吩咐：要一百朵玫瑰花、紅色的（如同我新娘捧花的顏色），然後又提高聲量說：是要幫一位一百歲男士祝壽的。對我而言，紅色玫瑰花是表達敬愛之情的首選花。

自幼喜歡玫瑰是無緣由的，隨著年歲的增長，我在喜愛之外更增加了欣賞，玫瑰的美不僅是外表，它的個性或本質也很有特色，先說它帶刺的莖吧，很少有美麗的花朵似它，會讓想接近的人一不注意就被花刺扎傷，所以在插作玫瑰花，我總是十分謹慎。另外手綁花束的做法是把花朵剪下，從花萼下穿過鐵絲對折，用綠色膠帶將鐵絲捲好，再將五、六十支串好鐵絲的花朵配上葉片組合成一把花束，著重的是技巧的練習。由於花束可以搭配的花朵多樣，我做過各種花朵的練習，但只要拿到玫瑰花，我都會特別小心，因為玫瑰硬頸，力量拿捏不好，鐵絲穿不過去或變形，又或者整朵花斷頭，是常見的情況，而花束少了幾朵玫瑰，就不飽滿了。相形之下，其他的花就不似它如此有個性，比較容易上手。

玫瑰花最讓我動容的是凋萎的時刻，玫瑰花凋謝時，整朵花仍都保持完整的樣子，但一被觸及，花瓣瞬間俐落掉淨，結束一期的生命。直到生命的最後一刻，仍保有完整的尊嚴，多美啊！

走入蕉科家族

向晚，出門走路，沿著大馬路，轉到台北市政府的區域。假日，人車不多，獨自安靜的走著，微風拂過，天光猶亮，深吸一口清爽的空氣，我預定的動線是朝著市政府走。市府雙十造型的建築位在幾條大馬路的匯流區，臨近馬路各有大片開放綠地和空間裝置，我熟悉的是靠住家的這一面風景，其他方向因距離較遠很少去。

難得的閒情逸致，我順著市府建築物走，繞到另一端後，發現那面有一處香草植物花園，花園種有薰衣草、佛手柑、迷迭香等，再放眼望去，前方有幾棵旅人蕉在晚風中搖曳，有一種出其不意遇到故人的驚喜，我快步上前，站在旅人蕉下仰望，心想市中心怎有旅人蕉。

我很喜歡旅人蕉，旅人蕉高大筆直的樹莖上，對生二列排成扇狀約三公尺長的葉片，看起來就像一把摺扇的樣子，過往在本地從沒有見過它，對我而言，只有在熱帶旅行才會看到它，旅人蕉尤其連結了我的星馬記憶。

我在三十歲初時，因大馬一位好友的介紹，成為檳城光華日報在台的通訊員，那時離網路時代還遠，我的工作內容是在台灣幫忙蒐集相關的新聞，每天早上固定傳真資料給在檳城的報社；加上後來先生在學術工作上開展東南亞華文文學研究，因此我們經常前去大馬或新加坡，在兩地也有很多好朋友。而不論在吉隆坡、檳城或新加坡，旅人蕉不時的就出現在眼前，那獨特的扇形葉片，似向旅人打招呼，又似張手要來個擁抱。多趟星馬之行，我對旅人蕉印象最深刻的是在新加坡的萊佛士飯店（Raffles Hotel），這家建於一八八七年英國殖民時代的飯店，採白色的維多利亞式建築，曾經接待過英國女王、作家毛姆、吉卜齡等許多知名人士，飯店自開張後，便以典雅風格和多座美麗的熱帶花園聞名。

一回，專程到萊佛士飯店「朝聖」，一下車便看到飯店外分列兩排、高過二層樓的旅人蕉迎賓的姿態。或許是飯店已有超過百年的歷史，遍植的旅人蕉筆直的樹莖大都超過二、三層樓，更增添飯店白色建築物的熱帶風情。

後來先生的馬華文學研究，從西馬又轉到東馬，我也陪同去了幾趟沙巴、砂拉越。東馬地廣人稀，在此旅人蕉的印記淡出，眼前出現的是廣袤的蕉園，市集上也販賣各色的香蕉、芭蕉。我們在東馬時，以拉讓江中游旁的詩巫為據點，詩巫早期從福州來的移民眾多，素有「小福州」之稱，且因華人多，所以中文報業或文人社團相對蓬勃。

當先生忙於資料蒐集時，得空的我便從旅店步行到渡口看拉讓江水以及行駛在江上的長舟。然後跟著當地人進入嘈雜的傳統市場，觀察當地特有的物產，黃澄澄的香蕉和綠皮的芭蕉是每個水果攤位上的大宗。我一直很喜歡香蕉，它是趕時間又需要果腹時的最佳選擇，而我愛芭蕉勝過香蕉，我愛它略酸的口感，日常只要看到芭蕉，一定會買。但在這裡，眼前串串熱帶飽滿的香蕉和略帶青澀的芭蕉雖令人垂涎，我卻不曾買，畢竟我是旅人，一串香蕉太多了，不過我並沒有空手而回。離開市場後，轉到街上一家賣五穀雜糧的雜貨店，這家店的門口掛著幾串我未曾看到的迷你香蕉，店家說這是米蕉，一串米蕉大約手掌張開大，每粒米蕉只有手指長，口感介於香蕉和芭蕉的酸甜，價格稍高。我在詩巫的時候，幾乎天天享用米蕉，但離開那裡之後，從此再也沒看過它。

喜歡香蕉的我，日常生活裡仍買蕉，也賞蕉。我臨窗的書桌正好面向對面樓層陽台的一小方花圃，順勢借了景，坐在書桌前就可以欣賞別人陽台上四時常綠的蕉葉。芭蕉樹的葉片大且闊，是中國傳統園林中重要的觀賞植物，園林的植栽有專門的知識與經驗，芭蕉的葉片大，當雨水打在芭蕉葉時，滴滴答答的聲音此起彼落，擾人清夢，以致有「是誰無事種芭蕉」的文學典故。職是，在講究的園林造景中，芭蕉通常被種植在較外圈，或接近圍牆邊，如此既可欣賞它的姿態，又不為「雨打芭蕉」所擾。

芭蕉葉除供文人雅士觀賞外，在常民的生活中也具有經濟作用，如熱帶地區會以它來盛放食物或者包裹生鮮食材。一次，和幾位朋友相偕到平溪踏青，看到基隆河床邊野生的芭蕉樹時，年紀較大的同行友人說，以前她鄰居一家便靠摘芭蕉葉為生，他們將野外採回的芭蕉葉賣給攤商包裝用，靠著芭蕉葉，一家人得以過日子了。

從單純的喜歡吃蕉，到欣賞芭蕉樹和旅人蕉的身影，然後又因學習花藝，有機會接觸到更多蕉科家族的花，讓我領略蕉科花、葉、果各自的特性。在花材上，旅人蕉科的天堂鳥應是最為大家所知。天堂鳥又叫鶴望蘭，花狀如同鳥的頭部和羽冠，氣勢強大，是較高檔的花材，一盆花中只要有幾支天堂鳥，焦點通常很難被轉移。

若說天堂鳥是王，黃金鳥則可稱后，黃金鳥又叫小天堂鳥，它的花型較天堂鳥柔美，苞片橘色帶金，充滿熱帶風情。天堂鳥和黃金鳥同是旅人蕉科，但不同屬，天堂鳥是鶴望蘭屬，黃金鳥則歸赫蕉屬。

說到赫蕉，它原產於西太平洋地帶，光品種就高達百種，而赫蕉花串也因品種不同，而有直立形、倒垂形、螺旋狀，顏色多彩。切花中較常取得的有豔紅赫蕉、金鳥赫蕉。在插作赫蕉時，我總是高興又緊張，因為赫蕉很美但不普遍，加上它特殊的形態，一下手就左右架構，得謹慎比劃再定位。後來我還插作過夢幻蕉，如同其名，夢幻蕉淡紫如蓮的花苞生長在直立的莖上，宛如粉黛美人，讓人賞心悅目。當蕉花凋謝，花片逐層剝落，隱身其中的雛形蕉也跟著露臉，讓人明白容或花形各異，但它們都是蕉科家族無誤。

想想，蕉科在我們的生活裡是很重要的，它全身上下都發揮極大利益，果實是全球重要的食物來源，葉片可實用或觀賞，花則是切花市場的搶手花材。此外，在文學上更被賦以浮想聯翩，相關作品傳誦流長。

在我於台北市中心遇到旅人蕉的一、兩年前，我曾無意間在迪化街附近的水果攤，看到當年在砂拉越為之驚奇的米蕉，我仔細端詳良久卻沒買，如同那天傍晚站在旅人蕉下仰望的心情。關於記憶，關於蕉科家族的南洋經驗，是難以復刻的。

荷花都開了

小滿過後，五月進入尾聲，心裡算著，池塘的睡蓮也差不多開了。

當瘟疫在世界蔓延開來，即便近在眼前的風景也遙不可及，在無人的週日下午，我走出家門，靜靜的步行到離住家不遠處的一個文創園區，園區入口處有一個生態池，過往出入，我常駐足池上的棧橋，觀賞在池畔悠游的野鴨、水蛙、蜻蜓，我喜歡池塘裡一簇簇青綠的浮萍，這些浮萍讓池水有種律動感。而池邊的棋盤腳、水蓑衣，植物的生態，或偶爾在棧道上踱步的小蒼鷺，讓人忍不住再三佇足。

走到棧道前，發現棧道被黃色的警示線圍起，上面掛著一張紙說明，因為疫情升級，步道封鎖。我從路旁叢生的植物往池中探，感覺有種植物蔓生的荒蕪，甚至遮住大片池面，池面看不到任何睡蓮的蹤影。我踝蹬片刻，轉身離去，我其實知道這個生態池沒有荷花的，我來只是就近看看池塘，揣想一下這個時節荷花開的盛況，小滿過後，荷花就會準時開合，不管有沒有人看。

荷花亦稱蓮花，還有很多其他的名稱，它的花形婉約優美，更因出淤泥不染的生長特色，在宗教上有超脫五濁惡世和微妙香潔的意涵，佛教故事裡悉達多太子一生下來便是腳踩蓮花，而大凡佛菩薩的造像也幾乎坐或立在蓮花座上。除了宗教上的象徵意涵，古今文人也有許多描寫荷花的名作，周敦頤的〈愛蓮說〉傳誦多時；擅畫荷的藝術家如張大千、溥心畬、張杰等，不在少數。我的畫家文友席慕蓉也畫荷，她在《黃羊．玫瑰．飛魚》中曾寫到，某日為了看荷花綻放，她半夜摸黑從淡水開車到台南白河，清晨抵達廣袤的荷花田畔，在一片片花海間等候花開的聲音，而她尋荷的行動和精神對彼時的我，也起了很大的鼓舞。

法國畫家莫內對荷花的鍾情，中外藝術家大概無人能出其右，莫內在生命的後三十年，畫了近兩百五十幅的《睡蓮》系列，奠定他印象派大師的地位。我曾在巴黎的奧塞美術館裡看過莫內的睡蓮系列作品，那時初訪花都和奧塞美術館，外行看熱鬧的心態居多，畢竟我沒有接觸過太多的荷花。我居住的城市植物園裡，雖有一處荷花池，但植物園在城南，我住城東，空間上有點距離，造訪的次數屈指可數。

多年來，我看到的睡蓮都是被採下來的，在南亞的聖地尤其常見，賣花的小販們拿著裝在保特瓶的幾株睡蓮向遊客兜售。印度的睡蓮莖和花多半是赭紅色的，在菩提迦耶，我只要前往正覺塔，一定會向小販買花，可選擇的有一盤金盞花，一串茉莉花、一瓶四、五根裝的睡蓮。我很喜歡以花供佛，因為旅人在外，花朵最能直接表達心香一瓣，而我也發現有不少同路人，因為進入正覺塔的大殿，佛前隨時供滿了花，必須稍微挪移，才能擺放自己帶來的睡蓮，其他視野所及的空間，也遍掛花串。

我不斷的買荷，從印度到斯里蘭卡，只要到達各大著名寺廟外，便張望尋找賣花的小販們，斯里蘭卡的睡蓮品種和印度相仿，單色赭紅，安靜凝斂。走訪多處聖地，對小販們販賣睡蓮已習以為常，雖說荷花（蓮花）在佛教裡有相當的地位，但蓮花的莖長花大，占的空間也大，很少被採摘下來插瓶，插作時通常採用睡蓮，不過也有例外的。一次，我們在斯里蘭卡旅行途中，順道去參觀一尊矗立在懸崖上的奧卡納大佛（Avukana Buddha statue），前往大佛必須爬過一座山丘，山丘旁有看管僧人的僧舍，大佛所在地處偏僻，沒有任何民家。路過僧舍，我一眼看到窗台上擺放著一枝枝含苞的蓮花，我眼睛一亮，買了多枝蓮花分給同伴，當下每個人手執一枝長莖的蓮花，越過山丘，下坡到了十三公尺高的奧卡納大佛足下，同伴們依序將手中的蓮花供上。臨去前，有巧手的同伴將供桌上數十枝的蓮花圍成一個曼陀羅狀，從山坡望過去，單尊立佛足下，有著粉紅的蓮花曼陀羅，那般古樸素靜的景象，深印在腦海，至今難忘。

我真正一次天天在荷花田旁繞來繞去的經驗是在南普陀寺，幾年前，初夏，我陪先生到廈門大學參訪，廈門大學的校園是出了名的漂亮，想進入校園的遊客鎮日在後門的管制區前大排長龍，管制區對面不遠處就是赫赫有名的南普陀寺。我們住的學人旅舍正好就在後門進來處，先生的活動安排得很緊湊，每天從早上開始到下午，我反倒有種偷閒的狀況，下午先在校園裡順著中心湖的步道散步，一面瀏覽校園風光，順著走就走出後門，出了後門唯一的目標就是南普陀寺了。南普陀寺的外頭有一大片荷花池，略呈曲線狀的荷花池很長，目視至少有一公里多，一直要連到鬧街去，或許是初夏了，大片的荷花池裡遍滿生氣盎然的荷葉，還有互相爭豔的蓮花，蓮花或含苞、半開、盛開，也有花殘蓮蓬半露的，偶爾幾處蓮花較疏的池水間，但見浮水而出的睡蓮，黃的、紫的、粉的、藍的，倚葉盛開，美不勝收，池中魚兒悠遊，池畔有龜兒貪晒。

我走在荷田上的曲橋，一回又一回，微風拂過，一朵一朵的蓮花映入眼底，南普陀寺的香火繚繞。黃昏後，寺前高聳的佛塔映月，田田荷葉沒入夜色，而我還兀自在荷田旁繞塔，不捨離去。感覺生命中有這麼幾天悠閒的時光，可以在名山寶剎繞塔賞荷，是十分難得的。

日常，我依然買花供佛，但從來沒有荷花，因為我的生活空間裡找不到。一天傍晚，經過一個臨時的農產市集，發現一個攤位有賣睡蓮，立即過去買了黃的、紫的、藍的，跟賣花的農人問說：我想要買回去供佛，但花朵都沒開。農人說：明天早上它們就會開，暗暝會合。那幾天，早上站在供桌前，看著睡蓮優雅的綻放，帶給我很大的喜悅。過後，全台疫情一夕爆發，沒有市集，沒有去花店，終究沒有花可以供。

小滿後，仲夏將至，料想無人觀賞的田田荷花應該是盡情綻放過。在日常面對無常瞬息變化的當下，我安靜的坐在桌前，想著菩提迦耶、斯里蘭卡、南普陀、城南植物園，乃至巴黎莫內花園的睡蓮。我心底明白，不管有沒有人欣賞，荷花依然會為自己盛開，且以綻放在心中的朵朵紅蓮祝禱。

菊花王朝

多年前我寫過一篇文章〈和菊花相迎，便是我的春天〉（收錄《穿過一樹的夜光》）。文中提到高中畢業，等待上大一的那個暑假，開始上插花課的情形，那時的花材不若現在豐富，常見的主花是菊花、玫瑰、劍蘭等，而菊花尋常是黃色，也有紫的、白的。不知怎地，原本出身高貴的菊花卻逐漸淪為布置喪禮的花，記得在籌備母親的追思會場時，我堅持不要菊花，我不想追思會變成喪禮的感覺，所以採用大量的牛奶色玫瑰花。上文寫到：後來在一間古樸的茶藝館和一朵白菊花相迎，才讓我恍然「在五彩繽紛的世界，有菊花的地方就是我的世外桃源」。

這兩年重新回到插花課，花藝界的蓬勃發展已超出我的想像，本地的、進口的各式花材，讓人目不暇給，以往熟悉的劍蘭，黃菊，在花市裡則退居後線，因此供花課上，花材中偶爾出現幾朵菊花，會讓我暗自高興一下，有種久別重逢的喜悅。

大家都知道花道在日本發展成熟，儼然成為國粹，其實日本的花道最初是源自中國的供花，供花是供佛之花，所選的花自然要有富貴之風，袁宏道在著名的《瓶史．品第》中點評梅花、牡丹、芍藥、海棠、石榴、蓮花、菊花等，結語是「這些花都是名貴品種，寒士家中自然無法搜集齊全」，他表白自己特意提及這些花的目的，主要為了確立判斷的標準，不希望這些奇花異卉被「庸俗脂粉」所混。

菊花在中華文化的傳統，確實有很高的地位，除花名諧音「吉」，更因它傲霜枝，不屈嚴寒，加上花容飽滿，花氣清淡，乃延伸出「人淡如菊」的風範。歷來愛菊的王公貴族和文人雅士很多，如宋徽宗普開菊花會，陶淵明的「採菊東籬下」詩句千年傳誦，北宋劉蒙著有《菊譜》一書，書中評點三十五品的菊花。當中國的菊花隨著遣唐使傳到日本後，自然被視為王者之花，賦以神聖純潔的意涵，除成為皇室的家徽，更是供佛之花的首選，我曾看過池坊家元的供花影片，供的就是菊花。

菊花自古以來被視為名貴的花，但不知為何，後來卻成為喪禮上最常用的花，因之當供花課上出現菊花時，老師總會問大家，介不介意插菊花，繼而又說，有些人會介意的，尤其是白菊。插作菊花對我而言是個極舒服的時刻，因為菊花散發一股淡雅的香氣，香氣極清卻獨特，在菊花香氣的伴隨中，每次全神插作完成，總能感受到疲憊的滌慮。平常的插花課上固然少見菊花，但每逢年節將屆，各種鮮花禮盒一定以它為首，國王菊、富貴菊，還有被染成豔麗顏色的牡丹菊，配上噴金的竹節，將過節的氣氛妝點得喜氣洋洋。

我自己並不喜染成豔色的牡丹菊，總覺得人工的染料不自然，也掩去菊花的清香。邇來雖不乏機會看到各種惹眼的品種如壽菊、大立菊、一文字菊，但我的心底仍記憶著十八歲那年遇到素樸白菊、黃菊、紫菊的清香。

中式插花課少見菊花，歐美花藝上則不乏菊科花材，但並不是我們熟悉的品種，畢竟菊科種類甚多，又廣泛分布在全世界。記得多年前我在花店初見乒乓菊，對於它球狀般的花朵感到驚豔，詢問下，花店人員告訴我，這是從德國進口的，價格不便宜。那時市面上看到的乒乓菊都是白色的，後來出現黃色、粉紫、綠色的，每朵花大小差不多，渾圓如名，十分討喜。而俗名太陽花的非洲菊也是花藝常用到的素材，非洲太陽菊有大朵、小朵之分，顏色多樣，花型就像太陽散發出光芒，給人一種活潑熱情的感覺，尤其是非洲菊較少單支插作，一般會採用多朵，或平均分布或群組安排，如此，更顯出它破表的活力。

相較於非洲菊，同屬太陽系的向日葵，單支就能讓人感受到它的光芒。我生長在海島，平時看到的都是向日葵切花，直到四十歲時，帶著兩個孩子到美國賓州蘭克斯郡造訪居住荷蘭村的阿米須人，才親眼看到廣袤的向日葵花田，我在〈向日葵之曆〉（收錄《記憶雪花》）中記下：「眼前就像有千百張無邪的童顏迎迓著我，延綿數里的向日葵花海蒸騰出一片希望和喜樂。」單支的向日葵已散發獨特的光芒，何況是成片的向日葵花田，那般美麗的景象，想必會吸住任何人的目光。

因為要採葵花籽，所以向日葵成熟到一定的程度，就會被摘下，如果不刻意去摘剪，向日葵會一直追逐陽光，不斷長高，它的最高度還列在金氏世界紀錄裡。我曾看過一則報導，一個日本人花了半生培育向日葵，一心想要破金氏紀錄裡向日葵的高度，他搭建幾層樓高的棚架，鎮日照顧，爬上爬下，但總是差了一點，可是他不氣餒，仍繼續跟著他的花成長。

菊花的樣子有高有矮，有大有小，大菊如壽菊、向日葵等固然討人喜歡，中小菊也各擅勝場，各自迷人，有一陣子，各地田地休耕時常會種波斯菊，波斯菊容易種，花的姿態婉約，五顏六色，隨風款擺時十分好看。有時坐車經過郊外，看到成片的波斯菊，必定忍不住停車下來，在花田拍照。而雛菊、雲南菊、鈕扣菊等，更是插花時重要的配角，這些多樣的小菊們，既不搶走主花的風采，又能襯出整體花作品的律動感和活潑性，有些小菊散發出的清香，也十分怡人。

近來，我還喜歡上麵包菊，此菊如傳統菊花般大小，花容有點像被戳扁的麵糰，也因為它的花型不那麼規則，在典雅的菊花臉譜中，反倒多了點可愛和趣味。日常中，除了麵包菊，還有雞蛋菊、萬壽菊，以及其他一些叫不出名字的菊花在眼前來來去去。

菊科品項多，從國王菊，如后的牡丹菊，使臣般的富貴菊，乃至眾多的大菊、中菊、小菊，品種多達數萬，君臣民俱足，形同一個華麗的菊花王朝，在這個王朝中，群菊們各自展露著花顏和價值。我一直記住某次插花課上，老師無意間說過的話，「有些花天生就是無法當主角，就像雲南菊，永遠只能當配角，這也是沒辦法的事。」是呀！有些事天生就無法改變，如同我們的出生，乃至死亡，那麼且以有限的生命綻放無限的美麗，宛如永遠的配角雲南菊般。

對我而言，賞菊多年，和它分分合合的，年輕時覺得和菊花相迎，便是我的春天，行過中年則體會出，和菊花相遇，我擁有了四季。

杜鵑是菩薩

有些事物看似平常，平常到我們不會特別去注意，如我們會專程去看玫瑰展、茶花展、牡丹季，卻很少停下來好好觀看路邊盛開的杜鵑花，畢竟杜鵑花在日常中太容易看到。

初次對杜鵑花有感，是到台北讀大學的時候，那時對於台北寬闊的馬路以及分隔島、馬路邊、公園裡開放的杜鵑花，十分驚豔，尤其在潮溼的冬天，乃至春雨綿綿的季節，杜鵑花爆開大量白的、磚紅的、紫色的花朵，為陰霾所覆的城市，增添些許暖色。

我大學就讀的學校位在陽明山上，山上多雨潮溼，卻是杜鵑花的樂園，校園裡的步道旁，遍植杜鵑花籬，在雨霧繚繞中，別有一番風情。大學四年，對校園最深的印象是風、雨、霧、山嵐和杜鵑花。彼時，春天時的陽明山花季開始，上山的主要幹道仰德大道就會實施交通管制，但仍擋不住賞花的人潮。我雖然在華岡上讀書，但住在台北市區，每天上下山通車得花約三小時，所以甚少加入陽明山公園的賞花人潮。偶爾幾次前往的經驗，看到的是遍開的櫻花樹、梅花、花鐘，以及從前山公園一路迤邐至後山的各色杜鵑花叢。

後來，我幾乎未曾再多留意過杜鵑花，兩個孩子研究所時皆就讀台大，兄弟倆進出校園快十年，我在他們就讀期間，從未踏入台大一次，遑論到校園去賞花，年復一年著名的台大杜鵑花季，對我也不過是一則新聞，如走馬燈在眼前來去。

再次注意到杜鵑花是這兩年，春節前後，花藝課上會出現一些季節性的花材，如山櫻或吉野櫻、杏花、桃花、新木谷，還有就是杜鵑花，這些花材都以枝條取勝，很適合用來表現線條或做線形架構。其中，杜鵑花出現在課堂的頻率最高，有過三葉杜鵑、小杜鵑、粉紅杜鵑、苔杜鵑，這些名稱並不是真正的學名，而是從其外形約定俗成的稱法，比較接近菜市仔名。

杜鵑花是種平易近人的植物，全世界有近千種的花屬，遍布亞洲、歐洲和北美洲，平常我們看到的路樹花大葉子也大，溯源於日本平戶地區的花種，稱為平戶杜鵑，至於花藝課上出現的多半是生長在山間，高度從海拔幾百公尺一直到高山上的杜鵑，如三葉杜鵑葉子大，是生長在丘陵的灌木，苔杜鵑生長的海拔較高，葉子也小，又因生長環境的關係，樹枝上常見苔蘚和松蘿共生，絲狀的松蘿纏繞垂掛其上，讓苔杜鵑有種遺世遒勁的滄桑，也讓我對它特別相應。

當我們將季節性的花材插過一輪後，天氣已經逐漸轉暖，春天的花也陸續上場。在春暖之際，喜歡爬山的老師想帶領大家到戶外做一次生態教學，目的地是陽明山大屯山系的菜公坑步道，因為這條步道對沒有登山經驗的人來說，相對容易走。

從大學畢業後，幾乎沒有重訪陽明山國家公園的我，對這一趟步道之旅有些期待，畢竟陽明山國家公園有很多不同的生態景觀，可我多年前已入寶山空回，忙碌的生活中也沒機會再去探索，如今有花藝老師的帶領，不免歡喜。

師生一行人在二子坪的停車場下車，開始往上行進。這是我第一次到二子坪，對眼前的一切莫不感到新鮮。離開停車場不遠，便看到菜公坑山步道的第一入口，這條步道全長近兩公里，路徑不太陡峭。我們依續爬行，但見步道沿途林木茂盛，又因日照位置和坡度高低而有著不同的林相。老師一邊指點步道兩旁的植物，一邊說明森林大致由喬木、灌木、林被、地衣等所組成，其間又有依附在樹木上的松蘿、蕨類和苔蘚，它們在生態上相生又相剋，這也是大自然的現象。

行進間，除了昂首觀看樹梢冒出的新綠，在制高點遠眺小觀音山和竹子山的地形，還不時彎身觀察那一不留神就錯過的鳴子百合，鳴子百合貼近溼氣高的地面生長，花期甚短，一串串小鈴鐺似的花朵開在葉片下，十分可愛，而不時出現的金毛杜鵑，也讓大家不自覺放慢腳步，仔細觀賞。

金毛杜鵑是中海拔山區常見的灌木，花朵呈磚紅色，比平戶杜鵑來得小，它的細枝和葉緣有細毛，因之得名，慣常稱毛杜鵑，而我們所行走的菜公坑步道更以它著名，老師順路指出毛杜鵑的分布，一下子我也識得了。因為想要看清楚毛杜鵑的茸毛，我探身往它生長的地方靠近，更看清它樹幹上纏繞的絲狀松蘿，還有灰白的斑斑地衣，就如同我在課堂上的苔杜鵑枝幹上所見到的，記得那時老師解說了高山杜鵑的生長環境，以及苔蘚和松蘿的寄生，而杜鵑也跟寄生者共生共榮，然後老師脫口說「杜鵑是菩薩」。由於這句話的啟發，讓我對大自然裡共生的情形有更深一層的思考。如今走在菜公坑步道上，近距離注意到毛杜鵑與松蘿地衣的共生，也看到在它枝枒間織下密網的蜘蛛，更看到從樹叢裡一溜煙的草蛇。

在花藝課上認識到杜鵑在生態上共生的現象，讓我對它「平常」的印象有了改觀，之後某次沒預期的相遇，更是讓我對杜鵑花有了全然不同的感受。那是一個春寒的大清晨，我要到台北車站轉搭至機場的車子，因為時間過早，第一班的捷運還沒發車，於是我搭了計程車從忠孝東路五段往忠孝西路的車站方向前進。

坐在車裡透過車窗往外看，路燈猶亮，天光乍明未明，大馬路上人車稀少，車子一路綠燈暢通，忽然間我意識到整條忠孝東路兩旁都種滿了杜鵑花的行道樹，幾乎是一畦接一畦，白的、紅的、粉紫的杜鵑花在夜雨落過，黎明之際，燦爛繽紛的開滿整條馬路，讓行將出遠門的我，忍不住在心裡讚嘆，這個城市的杜鵑花真美。

後來，在翻閱和杜鵑花相關的資料，看到一處，吸引住我的眼光：「杜鵑花的生命力很強，它長滿絨毛的葉片能調節水分並吸住灰塵，最適合種在人多車多的都市，可以發揮清淨空氣的功能。」

不禁恍然，原來杜鵑不但能讓其他植物寄生，還有調節都市廢氣的功能，重要的是它平易近人，四處可見，並且毫不吝嗇地展現花開的美好。「杜鵑是菩薩」，可不是嘛！

觀百合

那幾天，百合以它的氣味和姿態不斷地撩起我的注意。

一夜，難得放空坐在客廳看電視，坐了一會兒，隱隱間聞到空間裡有一股淡淡的香氣，我疑惑著這股氣味的由來，起身打開窗戶朝外看看，夜已深沉，四周沒有動靜，繼而又在屋裡四處巡找，才發現在一盆花色繁多的餐桌花裡，有一株鐵砲百合在暗夜裡悄悄綻放，吐露芬芳。

那盆餐桌花是幾天前做水平型的習作，花藝老師準備了多樣的花材，如向日葵、石斛蘭、火鶴，還有兩枝很生的鐵砲百合。我向來很喜歡野百合，拿到這兩枝鐵砲百合雖然高興，仍不免喃喃說，「我的這兩枝都沒開」。因為是在練習花型，將就地把兩枝鐵砲百合插置在水平兩側做下垂線條。

西洋花藝慣常用海綿插作，而花插在泡過水的海綿，不如插在水中來得耐，所以整盆花帶回家，看到的是它逐日的凋萎，花苟也常因水分不夠啞掉。沒想到，這兩枝我以為會啞掉的鐵砲百合，其中一枝竟然在數日後的夜裡開放，帶來滿室香氣。

隔天，我因花藝課程實習，一早到南港展覽館幫忙花藝老師參與花卉品種推介會布展，老師專業的裝置主題空間，還一邊指導著我們幾個學生。在忙不過來時，他放手讓我們去做些打底的插作，我被分派的工作是將幾箱俗稱的木瓜百合插成一個花壇。木瓜百合屬姬百合家族，相較於香水百合，葉小，沒有香氣。許久不曾貼近百合，看到眼前如此多美麗的橘色百合，關於百合的記憶突然間被喚起。

中年初度的我，在報社工作，難免有些酬酢場合，加上那時還有點玩興，日子過得多采多姿。這樣的生活環境，不免有需要致意的場面，諸如賀喜或赴宴，我大都選擇送花當伴手禮。我對送花這事有點挑剔，撇開價格不談，要讓我滿意的基本上必須不俗，不然我也拿不出手送人。

我有幾家熟識的花店，初時我會上門挑花，並且跟花藝師討論，到後來便在這幾家店中，找出我最中意的設計師，然後主客之間形成一種默契，此後不必多交代，花藝師設計出來的商品總契合我意。那時我喜歡送百合花束，百合花有姬百合、香水百合，也有不同的顏色，搭配合宜，各種場合都不失禮。和花藝師熟識後，我直接打電話訂花就行，有時喜慶地方在外縣市，他們也可以幫忙送到，讓我感到方便，也讓收花者很歡喜。

藉由百合花束的傳送，讓我祝福的心意一次次的傳遞出去。那時，我認識的一位文友罹患惡疾，他行事低調，沒幾個人知道他已在專治的醫院開刀化療，當然也不見客。獲悉此事後，我十分難過，我知道不好去打擾，於是請花店幫忙代送一束美麗的花，希望他在病床上有漂亮的花朵相伴，心情會好一些。那天下午我在辦公室接到花店打來的電話，說他們上午送花到醫院時被擋下，那家醫院規定病房裡不能有花，尤其是百合這類香氣明顯的花，怕引起住院病人過敏。那次以百合祝福的心意沒有送達，生病的文友後來幾次進出醫院，終究離世。

或許是年齡增長，心境有所改變，我不再愛戀香水百合的美豔花朵和香氣，反倒喜歡開在郊外的野百合，那也是我小時候在花店所見到的，形狀如喇叭的白百合。幾年前重新花藝的學習，初時接觸的是供花，供花是要供佛之花，有一定典雅的造型和講究的花材。授課的老師多次叮囑，供花不能用香氣太重的花，如百合，因為大殿殿門晚上關後，若是供桌上有百合花，隔天清晨，花的香氣會在大殿中悶出一股濁氣。因此，我在這個課上練習過很多的花材，百合從來沒有出現過。

百合花形漂亮，香氣濃，花名又充滿吉祥的寓意，絕大多數的人都會喜歡。一位在小鎮開花店的朋友說，鎮上來買花束的客人，一定要求花束中有百合、玫瑰或康乃馨，這三種花成為花束的領銜主角。不過除了花束常見，我在西洋花的學習中也罕見百合這樣的花材。我想花藝作品必須考慮到空間、色彩和架構，花形較小的姬百合偶爾還能被安排上場，至於素稱百合之王的香水百合，盛開時花如滿月，又大又香又美，其他的花和它在一起，既不協調，又或落得花容失色。

記得那天在插花課上，我在很多花材中看到那兩枝不起眼的鐵砲百合，高興之餘，腦海中也聯想到它生長的野外和晴朗的天空，我好喜歡這樣素雅平淡的白百合。正當我還在念頭上，一位遲到的同學推門進來，脫口「今天有百合嗎？」接著連珠砲說，等一下自己又會開始過敏了。當下大家紛紛關切她的過敏情況，我則替眼前猶閉合的鐵砲百合感到委屈。

因為鐵砲百合花苞數日後的吐香，因為展場中與木瓜百合的對望，讓我重新注意起已經忽略多年的百合群芳，我刻意從花市抱回一把含苞的香水百合，又帶了一把鐵砲百合，把它們分插在兩個花瓶，擺在客廳，感覺家中好像很久沒有如此氣派的花朵。含苞的百合花靜靜地等待綻放，兩天後，有一、兩朵香水百合先開了，滿室盈著一股花的香氣，越日，又有幾朵相繼開花。

或許是太久沒有好好的觀賞百合，我對於它那比印象中更大的粉紅花朵感到有點驚訝，盛開的香水百合十分豔麗，花朵逐日愈開愈大，那種毫無保留，盡情怒放的花形和香氣，流露出一種無比的自信。有時我看著看著，也為之驚豔不已。而另一花瓶的鐵砲百合則安靜的綻開白色喇叭狀的花朵，淡淡的幽香相對香水百合的濃香，在客廳裡交織出不同層次的香氣。

當每株香水百合完全盛放時，我察覺到一個奇特的現象，就是粉紅的香水百合株中，竟然間夾白色的野百合。難以置信下，我把整株香水百合從瓶中提出來檢視，發現兩個不同品種的百合花確實生長在同一株上，我隨即意識到，這一定是經過接枝的品種。

第一次看到這樣的混種，卻不突兀，全球百合的品種有近百，台灣更有少數的原生種，如鹿子百合，原本快絕跡的鹿子百合，近年經過不斷的復育，有了一片新的生機。人為左右生態，向來不足為奇，而將不同品種的百合做嫁接，或許想培育出人們以為更美的花。

百合花，有人愛其顏，喜其名；有人厭其香氣。即便是我自己，也因心境而趨近或遠離。看著同株長出粉紅花朵和白色花朵的香水百合，感覺眼前的百合就像一個溫柔自信的母親，無選擇、無差別的哺育不同血脈的下一代。無關乎外在的眼光，百合自在，自在的百合花。

還來就菊花

花跟人一樣會留下印記的，所以看到花常讓人聯想到某些事情。有些花的地域性很強，見到它立即會想到某個地方，例如說到天人菊，思緒可能馬上飄到澎湖；對我而言，金盞花則和印度的經驗連接在一起，這樣的經驗有個人性的，也有共通性的。

幾年前，有一部好萊塢片，片名是《金盞花大酒店》，一看到片名，直覺會不會是印度片，那時我幾乎看遍在台灣上演的印度電影，連寶萊塢的製作也看得津津有味。看過該片預告，確定是發生在印度的劇情，片子上演時，我當然進戲院觀賞，看著影片中幾個英國銀髮族到印度，住進讓他們目瞪口呆名為「金盞花」的大酒店，我也笑著融入他們一場場驚奇的印度文化洗禮。

在日常生活中也見過金盞花，不過在浮光掠影的城市中，它不見得出色，也不太引起我的注意。多次到印度，在我的視覺裡，常常出現它豔橙橙的色彩，尤其在聖地菩提伽耶。聖城菩提伽耶有許多各國的廟宇，其中又以大覺寺為核心，畢竟佛陀是在寺院裡的菩提樹下證悟，從世界各地前來朝聖的佛教徒非常多，正覺塔時時擠滿要向佛陀祈願的人。

由於正覺塔在佛教徒心中的地位實在崇高，因此這座寺院也被裝飾得十分莊嚴殊勝，除了禮佛的人帶來一瓶瓶、一盤盤的各樣花卉，在塔外的牆上，特別是菩提樹下金剛座旁圍起的柵欄上，更掛滿一圈又一圈半人身高的花串，這些花串以橙色的金盞花為主，間夾黃色的。成千上萬朵的金盞花，串成一條條流蘇般的花鬘，裝飾在塔身周圍，豔麗的色彩在印度陽光的照耀下，顯得明度飽滿，讓人直接感受到古國的宗教熱情。在菩提伽耶，乃至到印度其他的聖地，金盞花幾乎無所不在，或裝置寺院或裝盤供佛，或點點的映在我的腦海，堆疊成印記。

比起金盞花的地域性，天人菊的特性似乎又更強烈一點，至少對我自己來說。我出生在都市，成長過程中沒有太多的大自然經驗，遑論見到海邊沙丘的植物，如馬鞍藤或天人菊等。後來在報社副刊工作，有過幾次參與文壇活動到各地的監獄做閱讀交流，我曾去過綠島、台東監獄，澎湖鼎灣監獄更去了兩、三次。

和澎湖縣籍作家乃至鼎灣受刑人的文字互動中，經常看到以天人菊為文，從文中讀到天人菊扎根貧瘠沙地，卻能逆風，向著陽光成長，開出朵朵美麗的花兒。澎湖縣有近百個島嶼，島嶼地理加上特殊地質，農作種植相對困難，在這樣刻苦的環境裡，沙地上欣欣向榮的天人菊，想必帶給住民們許多激勵和安慰，天人菊因此成為縣花，澎湖也有了「菊島」的別稱。

雖然我曾去過幾次澎湖，但多半來去匆匆，總是和天人菊緣慳一面。直到有一回，一位在澎湖成長的學者友人邀請幾對文友夫妻一起前往同遊。那次同行有兩部小車，人數不多，相對的機動性強。我們在這位學者的帶領下，拜訪不少著名的旅遊景點，從馬公天后宮、通樑古榕前初嘗仙人掌冰，再行過跨海大橋到西嶼，參觀過二崁古厝聚落後，到達聞名的池東大菓葉玄武岩，由於這處景點實在太特別，大家不免要下車走走看看，拍照留念。下車後，我留意到凹凸路徑旁遍滿綠色的地被，在廣闊的這片植被中，露出成片的小花。同行中有人指著小花說，這是天人菊，也是菊島名稱的由來。

初次看到天人菊，我感到很意外，它比我想像中小，有點像是路邊尋常見到的小野花。不同於野花的四散，天人菊的生長是群聚方式，所以一眼望去，眼前都是隨風招搖，色彩亮麗，漸層分明的天人菊，那般的盛況絕不亞於主要景觀的吸引力，但見遊客既拍玄武岩，也拍天人菊。親眼看到天人菊在菊島上的生長，讓我從過往的文字閱讀經驗中，體會到真實的環境。

後來，我們又去了風櫃，這個景區濱海，踩在被海水侵蝕的嶙峋石頭上，既要注意足下，又要豎起衣領，避免陣陣海風從領口鑽入。學者太太和我走在一起，跟我敘述她的家常幸福，她搽著紅色口紅的嘴總是笑著。

走了許多著名的景點後，學者帶我們回到馬公街上一間老派的咖啡店，這家店在民國四十六年開業，店主人夫婦用虹吸式的咖啡壺為來來去去的客人精心煮咖啡。我向來喜歡虹吸式的咖啡，和典雅的女主人春子有了愉快的共同話題。臨走，意猶未盡的我還外帶一杯咖啡，也打包了春子的笑意。

後來，我離開了報社，有更多機會到印度乃至其他遙遠的國度，那幾年，印度聖地對我有強烈的吸引力，行走在釋尊走過的土地，沐身在金盞花串下，有種不想離去的熟悉感。這般候鳥般的往返，直到疫情在全世界爆發開來才驟然而止。於是只能透過在當地朋友斷續稍來的訊息，得知他們在菩提伽耶的情況。印度的疫情起伏不定，但我從他的相片中看到，正覺塔的供花仍然，禮佛的人仍在佛陀成道的土地獻上一盤盤鮮花和美麗的金盞花鬘。

當疫情暫歇，我接到來自澎湖的一項文學活動邀約，我其實對於飛行有點猶豫，繼而一想在疫情蔓延的當下，還是把握眼前，於是便飛往澎湖。活動單位的人員來接機，過往我們曾經互動數次，也算是熟悉。見了面自然敘起家常，我問起春子的咖啡店還開嗎？對方說還在開，店面縮小，因為春子的丈夫過世了。那一場活動，學者友人也受邀參加，我在之前得知他愛笑的太太生了棘手的病，後來的情況卻不得而知。

我們參加的文學活動順利結束後，距離我當天晚上回台北的班機還有一些時間，於是主辦單位便帶幾位受邀前去的來賓到春子的咖啡店。太久沒到馬公，感覺有些物換星移，我也認不得春子的咖啡店了。一行近十人把春子的店坐滿，我看得出她優雅依舊，但笑容裡卻隱含微微的悵然。

當所有人的咖啡都上桌後，學者友人靠到吧台跟春子說話，我捕捉到春子的笑容消失，代之一抹愁容。就在當下，我得知學者太太已在半年前過世，眼前是兩個各自失去另一半的鄉親，細聲的在為對方打氣。

好一會兒，春子稍空，我靠上前去告訴她，我在很久以前曾經到過這裡，那時她的店有閣樓，吧台位置在另一邊，我沒說出的是她先生也一起在吧台裡，而學者太太當時也和大家一起開心的喝咖啡。

春子淺笑說，那已經是很久以前囉。接機的朋友搭話說，楊老師一下飛機就在問春子的咖啡店，上一次她還帶一杯去搭飛機呢。我其實不記得上次是什麼時候來的，估算「大概有十年沒來了」。春子對我說，有機會常常來。我執起她的手，也似在對自己說，「下次不會那麼久了」。

當晚只有我一個人去馬公機場，飛機接近台灣上空時，俯望城鎮的燈火點點閃耀，恰似金盞花和天人菊在我心中散發出的光芒。

如果世界沒有蘭

隨著延燒全球近三年的新冠疫情趨緩，各國封鎖的邊境也陸續開放，國境開放後，我因緣際會首站便來到曼谷。曼谷於我，是個既熟悉又陌生的都會，在我年輕的時候，初次擔任編輯工作，便是負責在台北編的泰國世界日報副刊，也因此有機會數度造訪在曼谷的世界日報總社，參與當地五四文藝節的活動並前往泰北金三角採訪。

彼時才三十幾歲的我，相對活潑，非常喜歡當地盛產的石斛蘭，尤其是紅紫色的，那時台灣尚未見到這種品種。紅紫石斛蘭的花朵亮麗，每支花梗上通常會長出十幾朵花，開滿花朵的長莖也因此呈現出垂墜感，當它被大量使用在插作時，自然地形成美麗的花瀑，洋溢著熱帶的明媚風情，讓我十分喜愛。

照說一般生鮮物品是不能帶出境，但在曼谷機場的免稅購物商場，各家精品店林立間，卻有一家讓我停下腳步，徘徊再三，那是一家賣鮮花的花店。那家鮮花店以蘭花為主，因為要讓旅客帶上飛機，所以各種蘭花都包裝得十分精美，我總是癡癡地望著那一大盒裝的紫色石斛蘭，一面讚嘆花的美麗，一面猶豫著要不要把它帶上飛機。

幾年後，台灣的花市開始出現這種石斛蘭，價格隨著量產從昂貴到親民，而我對它的喜愛從沒改變，有時到花市買一把十朵的花束，整束瓶插後，讓石斛蘭的花朵呈現出紫色的花瀑，真是賞心悅目，而在那幾天，會覺得自己是個富足的人。

睽違多年，重訪曼谷，發現免稅商場已不復見花店，過往在花店前對著石斛蘭癡望的情景於是成為回憶。按照行程，此行幾乎全待在旅館，就近上一期會場設在旅館裡的課程。進入市區預定的旅館，走過兩旁的造景荷花池，一踏入大廳，忍不住歡呼起來，飯店入口有一座氣勢非凡的迎賓花，迎賓花作插在現代造型的金色花器，高過一人半身，環型而觀，每一面的造型和花種不一，我看到喜愛的豔紅色玫瑰花、成叢的紅色大火鶴和康乃馨、一長串一長串的白色蝴蝶蘭，以及黃色的千代蘭等，然後經過走道廊下，有更多高插的花卉迎接著我們，天堂鳥、黃金鳥、彩虹鳥，感覺這邊熱帶的氣息，讓花兒們更加充滿了朝氣，盡情招搖奔放。

當進入房間，一眼就看到裡面有張大書桌上，擺著一盆單支的白色蝴蝶蘭，成串的白色蘭花開得正好。「連房間裡都有花」，卸下行李，我欣賞著這一盆蝴蝶蘭，心滿意足。

住進飯店的隔天，緊湊的課程從早上七點半到晚上九點，我再也沒踏出旅店半步，上課之餘，每天最大的樂趣除了在廊道漫步看花，便是欣賞餐廳擺放的桌花。餐桌花幾乎天天更換，從隔日的黃色鬱金香配石竹、單支盛開的紅玫瑰、漂亮的繡球花，在我要離開飯店的當天早晨，已連續光顧數天的餐廳桌花，擺的是幾支成叢的粉紅千代蘭，讓我那個「最後」的早餐吃得心花怒放。雖然此行沒有前去其他地方，但在飯店裡天天有花為伴，又有課程的滋養，我毫無遺憾地前往機場，準備回台。

當地的友人特地送我至機場，我們在機場出境大廳準備道別時，她說：「時間還來得及，我帶你去看看舍利塔，素萬那普機場可是全世界唯一有供奉佛菩薩舍利的機場。」在熙來攘往的旅客潮中，她熟悉地帶我穿過人潮，來到寬闊出境大廳的一方，但見有一個金碧輝煌的舍利塔高聳於半空，旅客需仰頭才能瞻望，舍利塔區用紅龍圈圍起來，紅龍裡面裝置著半人高的黃色、深紫、藍紫的千代蘭，既突顯出當地的熱帶花卉，又不失莊重。

心裡想，或許因如今蘭花的普遍種植，機場裡的花店才會消失，畢竟蘭花是世界上最大的開花植物，光是品種就高達約三萬種，除了酷寒的極地和嚴熱的沙漠，全球各地都有種植蘭花，而泰國尤其是萬代蘭、千代蘭的最大生產中心。

因為花美、花期長，加上又有「國香」之稱的氣味，所以養蘭成為很多人的樂趣，旅居美國的作家劉大任在〈兩種蘭花展〉中，以資深蘭迷身分，描述了每年冬春之際在紐約舉行的兩個蘭展的盛況，這兩個蘭展由紐約市布朗克斯植物園及紐約大都會地區的蘭協組織籌辦。在蘭展中，他寫道，趕熱鬧的觀眾們拍照留念，資深蘭迷則趁機抄錄資料，至於養蘭名家則志在獲獎，所以在這樣的蘭展上可以看到非常稀有、名貴的品種。

台灣素有「蘭花王國」之稱，每年在台南後壁的蘭花展，也吸引了大量蘭迷前往朝聖。說到蘭迷，依我的經驗，入門門檻不算高，以自己為例，我家也養好幾盆蘭，但我還稱不上是「迷」。我買蘭主要是為了供佛，因為擺放的空間不大，所以大都買一盆有兩支的蝴蝶蘭或石斛蘭，供花短則幾天，長或半個月，朵朵的蘭花便會相繼現出萎狀，這時我會將蘭花盆移至陽台，我不太懂得如何照顧，只隔幾天給點水。說也奇怪，這幾盆蘭花卻一直活著，較小株的氣根甚至張牙舞爪的長出。有幾株且在我不經意中抽出花苞，待開出成串的花時，我才能確定它的前身是蝴蝶蘭或石斛蘭，而這些不在預期中的花開，帶給日常很大的喜悅。

除了買蘭花供佛，因為學習花藝，花材中也常出現蘭科植物，千代蘭、腎藥蘭百搭，文心蘭也好用，長串的白蝴蝶蘭顯得貴氣，到了過年期間，我喜歡買虎頭蘭和報歲蘭，二者自帶年節的味道與慎重。我對仙履蘭的印象深刻，卻從來沒用過它，它的造型特別，如鞋弓狀般的大唇瓣，很難讓人移開視線，但也因此不易和其他的花材搭配。不論如何，每次一看到這個俗稱「拖鞋蘭」的花，我總是很興奮，忍不住再三看個幾眼。

從曼谷回來之後，生活恢復日常，晨間澆水時，看到陽台上的一株孤挺花已開過謝了；一小株白色的蝴蝶蘭，花莖上猶掛幾朵花，努力以它最後的美麗容顏迎接我回家，花好人常在總是幸福的。

一日黃昏，我收拾好一些要整燙的衣服出門去洗衣店，穿過小巷，看到文具店那位和氣的老闆，提著一個澆水器在澆花，這才注意到他的店面簷廊下，養了一排蘭花。我續走著，經過社區小公園，看到臨巷的棵棵高大樹木，樹幹上掛著一株株的蘭花，有幾株還開出美麗的花朵。到了洗衣店門，看到老闆從南部來的老父正在逗著鳥籠裡的畫眉鳥，隨著他的目光飄向畫眉鳥，這才發現，和店家來往多年，我竟然從沒注意到鳥籠旁的晒衣架上，懸掛著一盆盆的蘭花。想來主人也同我或其他蘭迷一樣，歡喜養蘭，期待它一次次的花期，為尋常的日子增添美麗和芬芳。

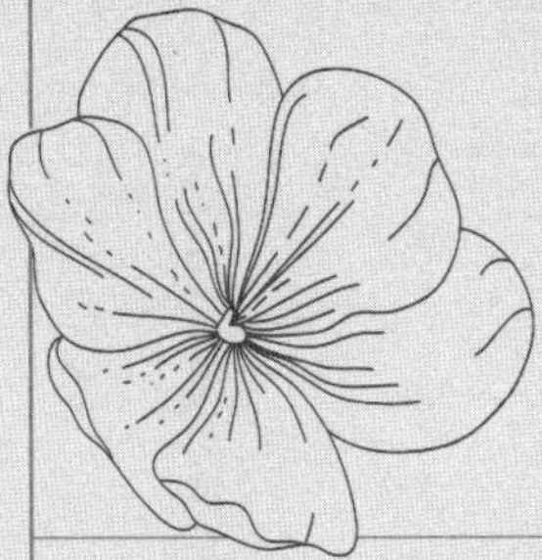

【輯二】

百花叢裡過

芒草彷彿是生命之樹，

也是風靈的代表，

因為經過了秋天，

萬物即將進入一個轉折。

一幅山茶花

當那幅超過四十號的山茶花油畫送來時，似乎已預言這個房子將充滿花開的芬芳。

十二年前，大寒過後，行過半百的先生決定離開嫻熟的教學環境以及台北的家，隻身前往台南的台灣文學館擔任掌舵者，當他將此決定告知，沒有心理準備的我，心情複雜，既明白他向來的使命感，卻也不捨不再年輕的他，選擇一條可預期不輕鬆的路。

之後，先生每週奔波台北台南之間，有時北上開會，一天南北往返，或各縣市的活動推廣不斷，一年不到，就因疲勞過度住進醫院。彼時，我在報社接到他同事打來的電話，隨即一路南下，輾轉找到在台南市區的醫院病房，他見到我說，院長夫人知道他自己一個人在台南，請職員幫他買了兩套睡衣。看著一向身體健康的他，虛弱的躺在病床上，我又心疼又有點氣，氣他如此的投入公眾事務，忽略自己的身體。

就這樣，分隔兩地的生活變成常態，他獨自住在台南，全力在實踐基於文學人的使命，而我在報社的工作也很繁忙，加上自己博士班的年限已進入寫論文的時候，住在家的兩個男孩，大的準備要報考博士班，小的也要考碩士班，母子三人各自忙於學業。分身乏術下，我幾乎不曾專程去台南探望過他，約略知道他多半忙得天昏地暗，不過在他耳順生日那天，我還是專程南下一趟。

當天，巨大的颱風從南方來襲，一早南台灣地區便宣布停班停課，而北部則風雨不大。想到這天是先生的大生日，卻遇到停班，他單獨在颳颱風的異地，難免會有些落寞。確定高鐵行駛通暢，我跟兩個孩子說要到台南幫爸爸慶生，孩子聽後，表示他們也要同行。母子三人搭上乘客甚少的高鐵，在颱風來襲之際到了文學館，偌大的文學館裡只有先生一個人，孤單地在他的辦公桌前工作。

隨著天色漸晚，颱風逐漸北移，全家一起提前吃過晚餐，還有餐廳特別準備的一顆小巧的壽桃，母子三人便趕緊離開，搭往北上的高鐵。回家的路上，風雨交加，車身一路搖擺顛簸，感覺好像就是我們那時的生活寫照，溫情中也有風有雨。

✿

送畫的畫家住在北海岸——一處安靜的鄉間社區，社區不大，建築多半是美式的二層樓房，我曾和攝影記者一同前往採訪。那時美術科系出身的中年畫家已然成家，並以詩文在文壇另闢蹊徑，大受讀者的喜愛，她的學者丈夫也勤以筆耕，夫妻俱負文名。

畫家不多言，熱情卻內斂，夫妻倆接受過我的訪談後，應著攝影者的要求，她向我們展示自己特殊的文物蒐藏，以及室內的陳設。至於畫室，畫家說不在家裡，而另外在他處租了一個大的空間，她說自己喜歡畫大作，推想或許和她出身遼闊的草原有關。

然後她帶著我們步出屋外，她家後院有一塊坡地，坡地很大，往下延伸到低處的溪邊，遠處的坡地上有兩頭黃牛低頭在吃草，日常中隨時可以看到牛在吃草，也是一景。我們跟著她在草坡散步，她指向一邊的幾株灌木，告訴我們那是山茶花，只是現在不是開花期，待山茶花開的時候，我們可以再來看，很美的。

我們回到屋裡時，她儒雅的學者丈夫已準備好午餐，邀請採訪者一起入座。他笑盈盈的說，中午煮的是冷凍水餃，然後指著桌上一瓶玻璃瓶中有美麗香草植物的醋說，這是他們兩人在歐洲留學時，最喜歡的。那一頓午餐讓我直至二十幾年後的現在仍難忘，冷凍水餃好吃到超出我的經驗，香草醋也開了我的眼界。

因為畫家的丈夫和我的先生都在同一所大學任教，所以我們從那時起就一直保持一種精神上的相交，現實生活上則不大來往。後來畫家的丈夫生病了，病情起起伏伏的。

至於她家屋後的山坡上山茶花幾番開遍謝落，我也未曾再去過。

✿

山茶花給人的印象很特別，有人對其評價很高，有人反之，而關於花本身的故事也不少，小仲馬的名著《茶花女》中，寫的是一個出身貧困的交際花，因為這位女性很喜歡茶花，所以被上流社會以「茶花女」稱之。但當香奈兒女士將茶花用來當她精品王國的識別圖象時，那一朵朵香奈兒的山茶花，又成為仕女們亟想收藏的精品。

山茶花又名日本山茶，日本人稱之為「椿」。在日本，椿花與櫻花齊名，受到重視的情況不相上下，仔細審視，兩者的花朵大小差異大，但花容花色卻有著異曲同工的美麗。

電影《日日是好日》的劇本原作森下典子曾寫過，她從小就討厭山茶花，不僅因為山茶花凋謝時，是同花蒂一起掉落的「斷頭花」，色如鏽鐵，還處處可見，直到某天，她在電車上看到一張紅色山茶花的特寫，美得讓她屏息，從此成為山茶花的俘虜。後來她長期學茶道，發現山茶花可說是茶室裡茶花的女王，因為茶室只要插一朵含苞的山茶花，就美到讓見者動容。

山茶花的種類多，或五、七片花苞，呈筒狀般，這也是較常見的椿花，也有十幾瓣花苞成數環狀，幾近芍藥的樣子，不論筒狀環狀，各有其美。較常見的顏色有紅、粉、白，這幾個基色都十分透徹，當盛開的花心露出多輪黃色雄花蕊，再在油亮的茶花葉襯托，不論紅的、粉的、白的山茶花，花瓣和花蕊、花朵和綠葉，彼此之間對比的色彩明度，都飽滿到讓人忍不住要讚嘆真是太美。

我以為單獨觀看一朵山茶花比起一樹，更能直觀它的美。或許這也是普遍的同理心，所以看日本的花藝師作品常以一朵山茶花為魂，而在茶道教室，花器多半也是單插一朵。對於賞花人而言，山茶花少比多來得美。

八年前，先生完成了他借調到台南文學館的工作，隻身回到台北，我明白他仍對那份推廣文學公眾的事務有些未竟的理想，不過長期的分偶、離家生活，讓我們意識到繼續下去，疏離難免。並且在這四年當中，我完成博士學位，兩個男孩也各自進入理想的研究所就讀，他對於南北奔波的生活也習以為常了。

一天，重新回到學校任教的先生接到一通畫廊的電話，說畫家要送一幅裱好框的畫給他。我們有點詫異，畢竟畫家的畫作是有市場行情的。當那幅超過四十號的山茶花油畫送來時，我們更是驚喜，沒想到竟是一幅大畫。隨畫送來的還有一封給先生的短箋，上面寫著「這是要謝謝你這四年來為文學所做的事」。

油畫掛在客廳的主牆上，整個屋子立即顯得氣勢不凡，畫家用暗色系處理作品，暗紅色的兩朵大山茶花被赭褐色葉子烘托，有種凝斂沉靜的美感，有時早晨的陽光從窗戶灑入，畫上明亮的山茶花不免會讓我想起多年前去拜訪畫家住家的愉快情形，想想從她丈夫的喪禮之後，我們好像也未曾見過面，仍是一貫的精神上相交，但透過畫家新的作品，也傳遞出她的狀況。

後來，因為我的花藝學習，屋子裡常年花開花謝不斷，而壁上的那幅山茶花始終定在那裡。有時，站在畫前仔細盯看，畫中兩朵暗紅的山茶花，一朵正對著前方開放，後方一朵微側綻放，片刻我有一種錯覺，那似是我和先生的關係，他專注在文學道路上，我仍貪看沿途的風景。

窗台上的孤挺花

經歷十七個寒暑，窗台上的那盆孤挺花終於死了。

那一年，中年初度的我，在醫院接受一個手術，唯恐日後發生病變，醫師決定摘除腹內蘊含生命的母泉，因為事前的情況不太明朗，所以那場手術於我而言，可說是驚心動魄。病灶是良性的，但我卻瞬間失去了身為女性的泉源。

那是生命中經歷的第四次剖腹，元氣大失，因已多次進出手術間，沒有驚動太多人。回家靜養間，一日家中門鈴響起，意外中，一位女同事前來探視，那時我已在報社工作多年，長我幾歲的她從年輕就進入報社，工作經歷比我資深甚多，我們在同一單位，單位有十幾個人，表面維持客氣，暗地卻因工作磨合較勁，人際關係矛盾糾葛，私下不相來往。她和我負責的是文字和視覺的不同領域，工作上必須互動，卻也因理念節奏不同而曾有微詞。

看到她單獨上門探望，我微微不安，畢竟我們之間沒有這樣的交情。她坐定後，略述在辦公室裡聽到我請假開刀的事，專程前來探視，她還帶來一盆孤挺花相送，說是她自己栽種的，那株孤挺花的葉子翠綠，看起來生氣盎然。我們閒話些家常，她說和兩個孩子住在公寓四樓，頂樓加蓋幾間房出租，部分陽台是她蒔花的園地。她離開後，我把她帶來的那盆孤挺花擺到客廳的窗台上，除了澆水，也沒多加照顧。而她也是那次病中唯一稍來問候的人。

病後，我恢復上班，辦公室同事之間互動依舊是合作卻疏離的狀態，我和她之間也是，而她曾去探望過我的事，也沒被提起。不過同事間也有熱絡的時候，那是偶或的餐敘，餐酒助興下，氣氛高昂起來，在文壇頗有聲望的單位主管，慣常周到地與下屬們一一寒暄對飲，輪到她時，主管常會突發異想的對著年輕就失婚，獨自帶大兩個孩子的她說，要介紹她跟國外某位才氣縱橫的著名學者認識。在大夥的鼓噪下，連我都想像著她的第二春若能覓得如此的歸宿，也太令人豔羨。鬈髮及腰，總是穿著高跟鞋，腰肢挺得很直，渾身展現中年女子的風韻，她臉上盈盈的笑意絲毫掩不住。就這樣，一次次的被點鴛鴦譜，一次次的無疾而終。

日子在尋常中度過，一天為窗台上的盆栽澆水時，忽然看到那盆孤挺花的花莖從球根抽出，不到幾天迅速抽長一尺多高，莖上含苞待放。我向來和綠手指絕緣，所種的盆栽大多是最容易照顧的植株，幾乎不太有養花的經驗，所以看到孤挺花長出花苞，十分高興，仔細守護，終於莖上的花苞依次開了四朵花。異於我對鮮紅色孤挺花的印象，窗台上的這株是粉白色的，粉白的喇叭花狀從花心輻射細細的紅色條紋，看起來優雅不喧譁，我興奮的在窗前看了兩天，幾天過後，花朵慢慢謝了，再過幾天莖萎了，傾斜後卻仍維持筆挺的樣子。

日子過得繁忙，分不清節氣，過後常在不經意間，發現窗台上的那株孤挺花又抽莖長花苞，而且經過了幾年，這株孤挺花成熟得似適婚的女子，不只長出一支莖，還有第二支，莖上花苞十分飽滿，等待盡情怒放，連盆土也被茂密的球莖撐得緊緊。

忍不住在上班時，去跟她分享花開的訊息，她微笑回說，她家的孤挺花也開了，她還教我如果球莖長太滿，要幫它分株。我注視著她說話的神情，已過五十的她，微笑時眉宇間不免流露著歲月紋路，我心底突然莫名的湧起一絲惆悵。

孤挺花愈發茂盛，長條的葉片恣意亂舞，於是我試著將它分盆，那時我並不清楚孤挺花是鱗莖的球根植物，胡亂的切了幾個帶著子球的球莖移出一盆，逾年，又移了一盆，後來有時窗台上的母株先開花，有時是後陽台的。孤挺花抽莖開花的時間快，偶或忙起來或者出門旅行去，待抽空去澆水時，才發現花已開過，整株莖萎掉了。雖然孤挺花是我窗台上唯一的花卉植物，但我從不知道它的花期，所以常有出其不意的驚喜。當然每次花開的時候，我總難免多少會想到她。

後來在公司一次精簡人事的政策下，她離開我們單位，那時已經五十多歲，年資甚深的她，被列在該次的離職名單。在這樣的情況下離開，同事間安慰話語不好說，她獨自黯然的收拾離去，而原本沒有私下互動的我們，從此便斷了聯繫。

至於她送的那株孤挺花，經過了十多年的日晒雨打，依然不誤花期地綻放同樣美麗的花朵，但它的葉片已不如從前青翠茂盛，有些被小蟲寄生下卵，顯得凋萎，我也不時要修剪一下葉片，補些花肥。這盆有點年歲的孤挺花，每年如期的開花，帶給我很大的喜悅，賞花之際，又會想到從二十幾歲失婚，一直堅強工作，孤單帶大孩子的她，如今可好？她一定不知道，當年送給我這盆花，一直維繫著我內心對她的感謝。

在我家的十七個春天，吐放最後一次美麗粉白的喇叭形花朵，窗台上的那盆孤挺花終於死了，感覺好像生命力用盡。我對著一盆枯萎，不無傷感，畢竟這盆花已成為窗台的一部分。如今花凋了，它和我同樣增長了十七個年歲，眼見生命的春天遠颺，秋天的景象鋪前。

我如常的整理盆栽，一日不經意看到移至後陽台的孤挺花子株竟然抽出兩株長莖，莖上的花苞鮮嫩欲滴，我頓時意識到原來母株並沒有真正的死去，它已經在我家開枝散葉了，這也讓我見識到孤挺花的堅韌。思索著孤挺花的生命當下，腦海中浮現起多年前她帶著花來家裡探視病中的我，那時我們的生命階段宛若夏日麗花。

而今我們年歲增長，兒女也都長大，各有一片天地了。

日日，在窗台上澆水弄草，原先放孤挺花的位置已被其他盆栽取代。澆完窗台的盆栽，繼續轉往後陽台，當水灑落到孤挺花的子株，我不再有任何情緒起伏，心底明白，不論母株或她，都向我展現堅強且優雅的生命歷程，以及不滅的緣起。

關於香花的事

幾年前，住家做了小整修，工程不大，找一位年輕的設計師朋友幫忙，因是朋友關係，設計師幾乎天天來，中午就和我們一起在家用餐，餐後水果泡茶款待，感覺上他頗投入這項整修，即便工程結束的隔天仍然上門，說要再看看。

一週後，某天近中午，他又來按門鈴，幫他開了門，他自在的進來，我看到他帶來一株盆栽，他說那是一株桂花，他自己在居住的小套房露台也種了一棵，花開時有著微微的香氣，讓人十分歡喜。話不多的他，赧然的說，他想送我一株桂花，當做施工完成的禮物。

我把那盆桂花放到窗台上，同其他盆栽一起，觀賞著它青翠的條狀葉片，暗地期待桂花能如他所說的盛開。我沒種過桂花，記憶中的桂花樹都高大成蔭。最初識得桂花的香氣，是在離住家不遠的馬路上，一棟商業大樓的戶外空間有些綠色植栽，那時孩子還小，每週固定一個晚上，要帶他們走過這條馬路到音樂教室學琴。辦公大樓比鄰的區域，在晚上大都人去樓空，有點冷清，母子牽手快步走過那棟大樓時，暗夜中總會聞到微微飄散的桂花香氣，不自覺的放慢了腳步，爾後，桂花的香氣總讓我聯想起陪孩子在夜裡學琴的情景。

有一陣子，南庄的景觀咖啡廳和漂亮的民宿時常登上媒體版面，一回，趁長居國外的姊姊回台，姊妹倆相約來趟南庄一日遊。南庄的山色美景確實迷人，不過那趟郊遊回來後，我最大的收穫是冰箱裡多了些和桂花相關的食材，桂花釀、乾燥桂花，那些日子，經常喝桂花茶、吃桂花酒釀，生活中盈著桂花淡雅的香氣，後來只要想吃桂花蜜就自然想起南庄。

設計師朋友送我的那盆桂花長了幾季，吐過細細的花穗，好像沒有真正開花，就慢慢的枯萎，我有點失望，但也莫可奈何，畢竟我不是綠手指。自家的香花種不起來，於是我改用買，來為居家添點香氣。

住家在大馬路旁的巷弄裡，馬路上整天車水馬龍，有一對狀似弱勢階層的男女，固定在車陣中賣玉蘭花，那個女的身材臃腫，門牙掉了幾顆，年紀不大卻像個婦人，態度懶散，相較之下，她的男伴做生意誠意十足，不管車道擁擠，硬是趁著紅燈時，擠到各輛車邊，雙手捧著玉蘭花托盤，然後向駕駛人九十度鞠躬，他們佔據騎樓的一處，日久成為生活空間。我有時經過騎樓，會向那個男的買玉蘭花，三串五十元，一串有三朵玉蘭花，回到家，客廳廚房浴室各放一串，玉蘭的香味強烈帶點霸氣，小小的幾朵，就能讓人感受到它的無所不在。後來那對賣玉蘭花的男女不見了，有一天和先生開車經過城市的另一端，等紅燈時，一眼看到那個賣玉蘭花男子的身影，他一一向駕駛們鞠躬後朝我們走過來，我清楚看到他瘸著一隻腳，直覺應是被車子碾了，至於他的女伴則不見蹤影。

玉蘭花雖然不再出現我的生活空間，但它濃馥的香氣總是呼之欲出，讓人難忘。

有一天我到佛光山授課，掛單在離佛學院較近的朝山會館。當晚，約了熟人在會館前面相見，站在會館前的樹下小聊時，我一直聞到一股濃郁的香氣，在黑夜中，我不明所以，經對方解說才知，我們身邊的這棵大樹正是玉蘭，玉蘭在晚上開花，而且會開兩次，當它開合第一次時，猶含苞狀態，就會被採下整理送到賣玉蘭花人的手上，也是我們日常看到的，至於眼前這麼高大的玉蘭花，是我第一次看到，從此也對這棵樹念念不忘。

和玉蘭花一樣在太陽下山後才散發香氣的還有夜來香，顧名思義又稱晚香玉。夜來香是花藝插作常用的切花，依花型分為大小兩種，兩種都以潔白的花色居多，也有粉色和黃色。夜來香盛產於夏季，穗狀花序陸續開花時，香氣飄逸，我喜歡以夜來香供佛，因為它的氣味淡雅不擾人，加上傍晚後才散發香味，隨著這股雅香，讓人白天紛飛的思緒得到安定，身心合一進入沉靜的夜色。我其實也喜歡野薑花，但它的香氣太野，生長在山間水畔時，張揚的香氣在天地間流動，聞起來很舒服。若買把野薑花回家，插瓶置於客廳，夜裡窗戶定得打開，讓空氣流通，不然天亮之後，整室會悶在揮不去的濁香裡。相較之下，插作夜來香就教人放心，它的香氣自然的來，悄悄的去，若有似無的，你若有心，自然會意識到；無心，它依然幽幽淡淡的散發香氣。

插花時會用到的香花花材，除了夜來香，還有梔子花、茉莉花等等。依我的經驗，梔子花花大葉大，鄉野長大般的類型，香氣奔放渲染，帶點豪邁，梔子花從含苞到開花，時間很短，它的花朵純白，只有幾朵就讓滿室生香，這也是它別名「玉堂春」的由來吧。只是潔白梔子花一、兩天後就萎，快謝的梔子花會變成枯扁乳黃色，因為這樣，通常在插花時只會用它的葉子，捨棄花段。一次插花課上，老師給了每人一大把梔子葉，要大家將梔子葉逐片剪下，再摺疊穿鐵線，完成一個由很多片梔子葉做成的架構花型。梔子葉有點硬，不易摺斷，做來不難，但過程中，必須捨棄花苞，大家難免覺得可惜。本身也經營花店的老師，於是說起他的經驗，他說花店送出去的品項中若有梔子花，一定會被客人負評，因為梔子花謝了後，就像一坨黃掉的衛生紙黏在上面。說完，師生忍不住都笑了，但心底不免為這香味怡人的梔子花叫屈，或許花也同人一樣，各自有不同的命運，看看那古今以來的花譜花品，也都不出觀賞者的主觀意識。

香花譜系不少，有些我至今仍緣慳一面，好比我沒看過七里香，含笑也不熟。日常生活中最熟悉的應該是茉莉花，我種過茉莉，插花時更常會用到它，聚狀的茉莉花朵小巧輕盈，花開時像是掛在樹枝頭粒粒發光的珍珠；茉莉花的香氣清雅潔淨，和香氛有關的產品，選擇茉莉花系的絕對錯不了。而橢圓形狀的茉莉葉，色澤青翠光亮又耐久，用在插作上十分討喜。

經驗過不同香花種類的特色，發現不論香氣清淡或濃烈，每一種都各有其愛好者，這關乎各人不同的覺受，也是自然的事；而香花被視為純潔、浪漫、芬芳怡人的意象，則是大家普遍的認定，也是內在共同追尋的想望。

風中芒花

當熾烈的豔陽西下，空氣中微微的風拂過，帶來絲絲的清涼意，我知道秋天來了。初秋是十分舒爽的日子，天氣晴朗卻不悶，感覺全身被暑氣弄得燥熱不堪的毛孔都得到清涼的撫慰。

一年四季中，我是喜歡秋天，但直到中年之後，才明白這點。更年輕的時候，只要秋風起，心底自然就會有一種渴望，想要去野外看芒花，那時我熟悉的賞芒路線是在瑞芳附近，從瑞芳往山上走，可到九份或金瓜石，行走在蜿蜒而上的山坡路，不時可見到一片片的芒草，成片的芒草隨著秋風款擺起伏，讓我忍不住回頭張望。那時我自己還沒開車，想去郊野賞芒，只能搭朋友的車子，機會可遇不可求，或許因為這樣，多年來，入秋時想到野外去看芒花的慾望，似乎沒有被滿足過。

能載我往瑞芳方向的好友有兩位，一位是我在報社的小說家同事，偶爾的早上，會接到她的電話，找我去九份午餐，然後她便開車從城市的另一端來接我，這樣的行動說起來也是有點浪漫，因為我們中午過後還要趕回城裡的報社上班。小說家同事開車開得很好，在基隆路接我後，上了高速公路，過汐止，從八堵交流道下，穿過暖暖、瑞芳，往九份的山路，路上便可捕捉到芒草坡。到了九份，從豎崎路一端走進到底，站在山巔眺望東北角，眼下山坡上的芒草在秋陽的照耀下，如同一波又一波的銀色浪潮，連接至海面，十分好看。

另一位從小同學的好友也是個開車能手，因為丈夫在國外經商，她有充分的行動自由。秋天時，幾個同學偶會相偕坐她的車，一起到北海岸萬里或澳底走走。從瑞芳開往東北海岸的路上，不時會瞥見片片的芒草原，在滿車喧鬧的話語裡，只有我專注在追尋芒草的身影。當時並不明所以，只是沒緣由的喜歡這種生長在荒郊野外秋天的植物。

後來，小說家同事轉業，搬遷到南方的古都，好同學也移居海外和丈夫團圓，於是秋風起時，前往瑞芳尋找芒草的儀式，對我而言成為絕響。

多年後，再次與芒草相遇是在舞台。

喜歡表演藝術的大兒跟我說，他要預購無垢舞蹈劇場《觀》的演出票，他認為也喜歡看舞作的我應該會喜歡。數月後，我倆一起去國家劇院看《觀》。大兒從無垢的第一個作品《醮》、《花神祭》到《觀》，也就是舞團靈魂人物——享譽國際的編舞家林麗珍老師要傳達的天、地、人三部曲，都沒錯過。可這卻是我第一次觀看無垢的演出。看慣了舞蹈表演的各種技巧展現，我被無垢整場所展現的極緩慢節奏給震住，而在極緩極簡的氛圍中，髮髻上繫著長雉翎的鷹族青年手上高擎一根飽滿的芒草，爆發性的肢體舞動，隨著芒草的揮動，讓人在寧靜和暴動交雜中，情緒起伏，翻騰不已，隱隱間咀嚼出一種生命的況味。

從此之後，我成為無垢的忠實觀眾。經過了數年，二〇一七年，林麗珍老師推出的天、地、人三部曲的續篇《潮》，我在《潮》的舞碼分段中看到一段〈芒花〉

舞目，我想起在《行者》這部關於林麗珍老師的紀錄片中，有一個畫面是她和先生，也是無垢舞蹈劇場的團長陳念舟在郊野找尋用來當道具的芒花情景，這些在野外採摘的堅韌芒草，是〈芒花〉舞碼中，戰士手上所執的武器，並隱含荒地的意象，當舞者舞動著芒草，芒草花絮隨著氣流緩緩落下，飄零感不言可喻。

芒草是堅韌的植物，地下莖能在貧瘠的廢地盤根錯節，不斷生長，形成整片的草原，而芒花卻是很柔軟的，當芒花被風或氣流觸動，花絮瞬時脫落，在天地間飄動，與大自然共振，芒花其實是秋神的使者。

後來，我又回頭看了《花神祭》，《花神祭》用地靈、火靈、風靈、水靈來演繹一年的四季，這次在舞台上，我看到了更多的芒花。在相關的一個訪談中，我聽到林麗珍老師解說著，芒草彷彿是生命之樹，也是風靈的代表，因為經過了秋天，萬物即將進入一個轉折。

無垢的作品，用了很多芒花當道具，芒花是一種常民的植物，可以入藥、製帚，更重要的它象徵秋天的時令，大自然是有其運行的次序，四時行焉，春耕、夏耘、秋收、冬藏。即便在花藝上也有相對的季節美感，就是春花、夏葉、秋果、冬枝，春天時要欣賞漂亮的花，如櫻花、桃花、杜鵑，夏天陽光豔麗，綠葉格外青翠，到了秋天，花市會出現季節性的果實切花，如巴西胡椒、馬告、蔓凝梅、小月桃等，被採下的樹枝上掛著成串或綠或紅的小果實，充滿秋季風情，待進入冬天，松柏等便上場了。

秋天既是收穫的季節，更有一年中最大的滿月。金秋時，有各風景區的芒花季，賞芒花似乎成為入秋的一種儀式，即便在都市中，我也常會和芒花不期而遇。一日路過一家著名的法式甜點店，我的視線被玻璃窗裡兩盆裝置的芒花吸引住，一株直挺的插在玻璃瓶，一株斜插在陶器裡；又一日在家飾賣場，看到高瓶裡插著一束芒花，慵懶的姿態帶著風情，靠近一看，發覺竟是人造纖維仿製的，當下有點愣住，繼而一想，芒花的季節性乃至儀式性或許成為一種流行了。

秋分過後，寒露霜降接著就立冬，大自然的清冷與日俱增，四時代序進入一個新的輪迴，年復一年。也許是由秋天的滿月風華進入冬天的蕭條轉折太大，才會讓人有種「悲秋」的惆悵感。

從最初觀賞林麗珍老師無垢舞蹈劇場的舞作，目光被舞台上揮動的芒草束、翻飛的芒花綮給牢牢攫住後，我才慢慢的意識到為何自己從年輕時就無緣由的喜歡在秋天裡尋找芒花，那是一種天地之間的孤寂感，是溫柔和堅毅的交融，是生命在秋華之後的不可逆傷感，只是當時年輕的自己，沒有能力覺知到這些。

這麼多年過後，我未曾再去過九份或瑞芳看芒花，我在舞台上、在櫥窗外、在花市、在賣場與它相見，仍不免被它深深吸引住。

秋天的芒花在風中浪動，那是常駐我心底的美好畫面，也隱藏著大自然傳遞而來的神祕訊息。

誰的康乃馨

德國名導演文溫德斯（Wim Wenders）著名的紀錄片《Pina》重新上演時，我邀十年前已經看過首映的大兒和我一起去電影院觀賞。《Pina》敘述的是德國現代舞大師碧娜鮑許（Pina Bausch）傳奇的生命，以及她突破傳統舞作，開創出獨特「舞蹈劇場」的形式。

近年來，在關注表演藝術的大兒推介下，我陸續觀看些來台演出的國際舞蹈大家的作品，如孟加拉裔的英國舞蹈家阿喀郎。當碧娜的烏帕塔舞蹈劇場初來到台北兩廳院演出時，我也耳聞其名而前往觀賞。將近十年前的我，觀看這些大師級的作品，其實是外行人看熱鬧的心情。直到此次去電影院看《Pina》的片子時，才忽忽想起多年前，我第一次看碧娜舞蹈劇場的舞碼，正是《康乃馨》。

碧娜的舞蹈劇場演出的舞台設計頗具特色，讓觀眾一入場就可以看到舞台上的風景，當我在演出前十分鐘進場時，立即被舞台的布置給震驚，從我的座位看過去，舞台上植滿各色的康乃馨，根據資料所述有上萬朵。上萬朵的康乃馨在舞台營出了一片花海。我看到遍布舞台的康乃馨花，除了在心底發出美麗的驚嘆，隨即的念頭是：全是密密麻麻的花，舞者怎麼跳呀？

在一邊觀看《Pina》影片，一邊也被片中的花架勾起當初在兩廳院看《康乃馨》時，舞者們在花海中嘻跑怒跳的表演，猶記得當初自己走入劇院時，乍然還以為舞台上的是玫瑰花，康乃馨相對玫瑰花溫柔安靜，且有母親花的象徵，碧娜以康乃馨為舞碼，展開一段段人生的故事，自有其用意。

重新記起了《康乃馨》的片段，也連結起我對康乃馨的印記，在生活中，雖說日子多半有花為伴，卻很少出現康乃馨的蹤影，而在花藝插作上，因它的花型較小，多半是做為配稱主花的副花，展現一貫的溫柔。唯有到了母親節前夕，無論如何我都要在家裡插上一盆康乃馨，給身為人母者的一個鼓勵。

我在成長階段，每逢母親節，父親一定會請家人上館子，一方面讓母親遠庖廚一天，另方面就是過節。那時過節的氣氛濃厚，不論慶祝的方式如何，至少我們當天，都會在胸前別上康乃馨，通常我輩都是別上紅色康乃馨，畢竟大家正是青春時期，母親都健在。康乃馨胸花可用新鮮的，不然，我們也會自己用紅色和綠色的縐紋紙來摺，學校的勞作課都曾教過康乃馨花的摺法。

母親節時，我們三兄妹別著紅色康乃馨，和爸媽慣常到台中吃午餐過節，印象深刻的是當天，許多口碑不錯的餐廳都客滿。走在台中鬧區，偶爾也會看到有人的胸前別著白色康乃馨，如同我母親所別的。照理說，那天是屬於母親自己的節目，她應是開心的，可是母親的歡顏中卻有一絲很淡的惆悵，不經意時，她會透露，她也想念她的媽媽。

母親的媽媽，也就是我的外婆，是個辛苦的女性。她招贅我外公，連生了六個兒子，再接續生了六個女兒。外公高大好看，以拉人力車為生，六個兒子有從小送人收養，有早早自立門戶搬離家庭，有成人後被殖民政府徵召去太平洋戰爭當軍夫的。所以後面出生的六個女兒，仍得靠背已漸駝的外公繼續踩踏人力車為生。母親是三女，實為第二個女兒，因為她前一個姊姊夭折。在幾個女兒當中，母親個性活潑，美麗大方，特別得到外婆的疼愛。因為家境實在貧困，不免有好事之徒前來遊說外婆，說她有那麼多的女兒，只要送一個下海去「賺」，全家的日子就能改善，而好事之徒看上的顯然就是我那漂亮的母親。

母親曾轉述給我們聽，外婆毫不遲疑的將那些好事之徒轟走，丟下「我寧願餓死，也不會讓我的女兒去『賺』」。因為她的堅持，五個女兒後來都有不錯的歸宿，母親以貧家女嫁到小西巷的楊家後，隨著生活的寬裕，對外婆也十分孝順，直到外婆晚年生病離世，母親都是全力照顧。

我是家裡的老么，和外婆的互動不多，記憶中，隨母親回去彰化市市仔尾的娘家時，外婆總是坐在巷內平房前廳的椅條上，搖著蒲扇搧涼，外婆稀疏的頭髮挽著髻，穿著白色的大襟衫，身形臃腫，母親說過外婆的心臟不好。趁著她們母女敘說時，孩子們會往裡面跑，前廳後是個長形通鋪的房間，可以睡上很多人，也是小孩們翻滾嬉鬧的場所。

外婆後來因病幾次出入小西巷附近的彰化基督教醫院，母親和阿姨們也都就近照顧，最後一次住院時，母親因家務繁忙，延遲幾天未去探病，沒想到外婆就此病逝。未能見外婆最後一面，讓母親深以為疚，她帶我們三個孩子回到市仔尾的娘家，一進門但見窄小的前廳圍起一方白布，母親哭哭啼啼地對著停靈於內的外婆說，「阿母，我帶孩子回來看您了」。

後來，擅歌的母親只要聽到〈母親您在何方〉這首歌，就忍不住黯然，告訴我們，她很想念自己的媽媽。

今年母親節前夕，我家雖然有好幾盆花，但少了康乃馨花，我心裡十分掛礙，不管如何，在這個節日，一定要有康乃馨，意味送給母親或給自己的心意，於我而言，自幼以來這已經成為一種儀式。可是我那幾天又特別的忙碌，抽不出時間到花市或花店去買花。母親節當天，我在一場活動當中，拿到了兩枝紅色的康乃馨，心裡非常的高興，回家後趕緊插瓶，和瓶中的紅花對望，我心想：如果花是送給自己，那麼就是紅色的康乃馨，畢竟我已是兩個成年兒子的母親；但如果是要紀念我母親，就要選白色的康乃馨，因為母親已經不在人世。如今回想母親離開人間的情景宛如外婆走時的翻版，她因心臟不舒服入院，不到幾天病情急轉直下，沒有任何遺言。母親離開至今已十七年，隨著自己年歲的增長，似乎愈來愈能體會她彼時常說想念外婆的心情，那樣的心情多少也讓我寄寓在母親節時一定要有康乃馨這事。

當康乃馨再重新引起我的注意時，才發現它不再只有我印象中的紅的、黃的、粉紅的、白的，如今綠的、紫色、橙的、各色帶滾邊的，也都讓人驚喜。

碧娜的烏帕塔舞蹈劇場在《康乃馨》中有一段經典的畫面，一群身穿不同服裝，各年齡層的男女舞者在康乃馨花海中，以簡潔的手勢和肢體動作比劃出春夏秋冬的代序。同樣的春夏秋冬卻有不一樣的人生故事，箇中滋味或許只有當事人知道、花知道。

加油站看花

早在信義區的前身猶是松山區時，那座加油站已在忠孝東路上，面對彼時四四兵工廠的廢區。

那時，我們剛搬到附近，新房子周圍空曠，有點冷清，也沒什麼商店。購屋時，售屋小姐職業性地描述出一片榮景：出了建地，從大馬路往東走，有一座加油站，繼續走下去，就會看到永吉路三十巷，那裡有菜市場，還有很多賣吃的，以及各種商店。

果真，後來關於採買生活日常的用品，全都要往那裡尋去。從住家到永吉路三十巷，有兩條路線，或穿過巷道往東走，或步出巷子沿著忠孝東路五段走。忠孝東路五段頭有好幾棟緊鄰的十幾層國宅，沿著這幾棟國宅過去是一座規模不小的加油站，國宅加上加油站，讓這一段路相對的沒什麼商業發展。

加油站位在大馬路旁，機車、計程車、大小客車常擠在狹小的入口，所以我多半繞道而行，走巷弄多過大馬路。又因加油站目標顯著，有時朋友要送東西過來，會跟我約在加油站旁；一次，請國外的朋友在附近用餐後，穿越忠孝東路時，多年前曾去過我家一次的她，忽然想起來地說「我記得你家，就在加油站那裡」，我趕緊指一下我家的方向，回說「離加油站還有點距離」畢竟大多數人都不想和加油站比鄰。

後來，板南線捷運開通後，加油站前的行人道設有一個雙向電扶梯的出口站，於是我經常從這裡出入捷運站，只不過加油站入口的各種車輛依舊雜亂，加上有些新開發偏遠社區的接駁車常在這裡接送住戶，因此我每次出站，慣常從大馬路上繞到加油站後面的單行道小巷，遠離嘈雜。

就這樣，沿著加油站旁的道路，我不知走過幾千或幾萬次。

有一年，我走在加油站後方的巷子，忽然看到加油站的欄柵旁種了一排山櫻，滿樹綻放的緋紅花朵在春寒料峭中顯得格外搶眼。那幾年，島內掀起一股賞櫻熱，阿里山、霧社、淡水，到處都有賞櫻的熱點，在看過東京皇居千鳥之淵滿開的櫻花後，我感染到追櫻的熱潮，還曾從青森弘前城一路往南遊賞日本各處櫻花景點。當賞櫻的心情得到滿足後，在忙碌的生活中，我未曾再去追逐櫻花開的美景。如今，在加油站和美麗的櫻花不期而遇，讓我忍不住佇足樹下，昂首欣賞盛開的花。

那幾年，每到櫻花開的季節，經過加油站，我總會特別放慢腳步，邊走邊賞櫻，覺得加油站用心為環境增加美觀，也是好事一樁。後來，連附近的社區公園都出現了櫻花樹，於是我對春天到加油站去看櫻花這事，也就沒放在心上。

日常，我仍不時從加油站旁的捷運口出入，多半時間腳步匆匆，急著回家或趕著行程，很少有閒情在路上逛著，一天，看到島內櫻花開的報導，突然想起加油站旁的櫻花，出門時，特意繞到加油站後方，奇怪的是整排的櫻花樹都不見蹤影，儘管站內車煙排放，我仍疑惑不解地貼近圍欄查看，柵欄旁剩幾棵傾垮的樹木，有一棵幾呈對折的樹，在貼近地面處開著緋紅的花蕊，我知道那就是原來整排櫻花樹的殘存。

或許基於惋惜，之後經過加油站，總不由自主的張望，看看還有沒有其他的櫻花樹，我沒再找到櫻花樹，卻因不斷的逡巡觀察，有一個新發現，加油站圍欄裡種了很多種類的茶花，那時正好是陽明山的茶花季，茶花季為期短暫，雖然亟想上山欣賞，但交通諸多不便，終究錯過了花期，而今，眼前美麗的粉紅茶花穿過鐵柵欄，對我露出美麗的容顏，也滿足我看茶花的心情。我愉悅的繞著加油站周圍，發覺沿牆擺滿一盆盆的山茶花，有紅的、黃的、粉的；有單瓣也有重瓣，順著茶花盆栽走到加油站面向忠孝東路的入口，看到裡面還有更大盆的茶花，我信步進去，發現茶花旁竟是一片花圃，這片花圃中有百里香樹叢，有各色的玫瑰花，而臨近捷運出口邊的幾棵路樹，樹幹上妝點著白色的蝴蝶蘭，間夾文心蘭，走進花圃裡，一眼看到旁邊的半人高花架上有各樣在菊花展上才會看到的黃色壽菊，赭色鑲金的「駿馬飛天」菊，加油站經營花園，真讓人意想不到。

發現了新大陸後，我時不時就會繞去加油站看花，多次後，注意到站內還種有九重葛、芭蕉、麒麟草，一日我又進入花圃探望，正好遇到一個婦人拿著掃把在掃落葉殘枝，問她這些花都要照顧嗎？回說「當然要」。

花好，個別看也很美，但因生長在加油站，總覺得周遭的車塵、廢氣、噪音多少影響到整體的美感。或許是這樣的心態，又一天，在友人的帶領，到陽明山一座寺院參訪，那間寺院座落半山腰，大殿前面有一大片庭院，庭院因地勢造景，不遠處的黑松、五葉松姿態優美，粉紅山櫻猶綻，增添山景的可觀，而身邊的畦畦花圃裡，植有滿開的茶花和含苞的杜鵑，春雨剛過，山霧縹緲，我近身觀賞山茶花，覺得它和景色相融，清新出塵，但同時也自然想起了加油站的茶花，花一樣，因境不同，我的感受也不一樣。

當那對折的櫻花樹落盡，讓人認不得是一棵櫻花樹時，一天下班路過加油站，我突然發現它旁邊一棵高大的樹上，開滿朵朵淺紫的大花，那不就是我剛剛才識得的辛夷花嗎？方才在辦公室裡正好有同事帶來此花，準備送人做乾燥花，讓我跟著仔細端詳它筆狀的花苞和卵狀花朵，沒想到眼前竟會出現一棵高大的辛夷樹，更讓我對這座加油站刮目相看。

在熱鬧的街市中，盛開的辛夷花並不常見，所以那幾天，有機會我就會過去賞花，一天遠遠就看到一個婦人獨自站在樹下，拿著手機仰頭拍著辛夷花，我想她也和我有著同樣的心情。

辛夷花謝落後，我仍持續關注加油站的花，有時晚上經過，發現靠馬路的這面圍牆上還亮著一排紅、白、藍的燈籠，和加油站的識別顏色一樣，加上到處閃著霓虹燈的安全警語「行人靠邊走」、「小心車輛」，場景有種電子花車般的滑稽。我心裡免不了又嘀咕「花長在這裡很奇怪」，繼而又深深否定自己的念頭，畢竟「境隨心轉」，不該因外境而臧否花兒。

茶花季後，各地又預告杜鵑花季、繡球花展將接續展開，讓我有點心神不安，翻著有點緊的行事曆，盤算何時可以抽空到這裡、去那裡，賞這花，賞那花的。一天，我又特意走進去加油站的花圃，看看還有沒有之前沒見過的植物，走入花圃中，我立刻看到原先擺放壽菊的那幾個半人高的花架，已換上一盆盆的繡球花，那一團團桃紅的、紫藍的、淡綠的繡球花開得正美，美到讓我當下忘了自己身在加油站。

原來，我在加油站就可以賞花，只是我內心一直在追尋著所謂的「意境」，但花不然，不論何處何境，且自開自落。

又見桐花

桐花季開始時，新聞不斷報導賞桐的各處景點，我瀏覽過去，沒太細看，畢竟我很少有閒情去追逐四時的花季，不過這樣的訊息仍每每勾起我關於桐花的聯想。

二〇〇二年，首屆的客家桐花季開始，原本在山林裡乏人注意的油桐花，叢叢潔白的花蹤，占據媒體的各大版面，就在各地桐花滿開的那年五月，年過四十的我，考取了中文所的在職班。彼時，已在報社工作數年的我，家庭和職場都相對穩定，在可預期的未來，似乎可以就這麼安定地過下去，但心裡又很清楚，這樣平常的日子，讓自己有種被困住的感覺，無論在寫作或知識的涉獵缺乏突破。偶然間得知銘傳大學的應用中文所要招收第一屆的在職班，那時很少數的研究所會招一、兩個在職生，得白天上課，對我而言，日間研究所的在職生，無法兼顧工作和學業，不作考慮，於是我報考晚上和週末上課的首屆在職班。

我在士林的台北校區參加筆試和口試，待錄取後，才清楚文學院已搬到桃園龜山校區，上課時間是晚上六點多至十點，不是我原先以為的在台北校區上課。龜山校區地處偏僻山坡，又因晚上上課，搭不上正常時段的學生交通車，此外晚上十點多下課後，校園人煙稀少，根本沒有公共汽車出入，何況我還要立即趕回台北，隔天得上班，所以當務之急就是解決交通問題，和家人商量後，認為自己開車是必須的選擇。因住家就在報社附近，走路五分鐘不到，加上大眾交通出入方便，所以我雖然考到駕照多年，卻幾乎不曾開車上路過，那時媽媽還在世，基於安全因素，她堅持我必須開新車，不能買中古車。就這樣新生加新手駕駛開著新車，貿然上了高速公路，開始兩年的夜間上課日子。

慣常是傍晚五點多，逆著夕陽的璀璨光芒，又偶或白天開車南下，過了泰山收費站，會看到右前方一座廟宇頂上，立著一尊剛出生，右手指天，左手指地的金身悉達多太子。那座廟宇背山而築，視線穿過悉達多太子，便看到後面山頭有成簇成簇白色的桐花，我心想，這樣也算是看到桐花開了。那兩年，開車上學途中，每當看到高速公路旁，遠處山林間樹梢上叢叢的白色桐花，會讓我意識到季節的更迭，也為枯燥的行路增添些浪漫。

在職班上的同學小惠和阿翔正好是學校的職員，他們很快就成為我的好友，小惠個性溫和辦事俐落，對於遠道來上課的我很體貼，她的好友小玉在某系當助教，慧黠有俠女之姿，常跟著來課堂旁聽，於是我們三人經常結伴而行。有時，我休假提早到校，她倆商議帶我到鶯歌吃晚餐。學校後方有一條產業道路可以到達鶯歌，家住桃園的小惠熟門熟路的開著她的小車，載我們下山到鶯歌去，外帶阿婆壽司給老師和同學們，若時間充裕，還應我的要求，到鶯歌老街逛逛，買買小物，那樣忙裡偷閒的愉快時刻，很能撫慰彼時我在家庭職場學業間團團轉的心情。

至於阿翔也是從台北開車通勤，常會順路接送老師，他的個性四海，開車技術一流，每當我好不容易把車開到學校的停車場，找不到停車位或停不進去狹小車位時，就會打電話給他，要他馬上來幫忙停車，待他匆匆出現，我讓出駕駛座，把車交給他，便安心地去上課，而他總是隨後笑嘻嘻的進教室。夜裡十點左右下課時，位在山上的校園已籠罩在漆黑裡，後山只剩幾輛車子的停車場伸手不見五指，我通常會等阿翔一起去取車，並要求他得先目送我把車子開走才離開。第二年，我們同時修了星期六白天的課，於是我改搭他的順風車上下學，上課途中兩人在車內說笑，有種假日出遊的快樂。

三年後，我成為班上第一個完成研究所學業的人，拿到碩士學位離開學校。其實早在第二年修完全部的學分後，我們已經和師長在校園裡拍完畢業照，拍照那天，大家穿上文學院的碩士服，開心留影，連學妹小玉都來湊熱鬧。團體照之後，個人照得到桃園市一家接洽好的照相館拍。拍照那天，我獨自開車進到陌生的桃園市區，開到照相館附近找停車位，看到路邊工地旁有一格車位，阿翔不在，只能靠自己，我把車子切入時不慎刮到車身，移進移出的，又刮了一次，心裡很懊惱。之後因為只需寫論文，不必再到龜山上課，我很快把開不到多少里程的車子轉手。

日前，看到哥哥傳來一段彰化八卦山脈桐花盛開的影片，影片中油桐樹上叢叢的油桐花，非常美麗。在這之前，我並不知道故鄉彰化有栽種油桐樹，可能因為客家桐花季的印象，讓我以為要觀賞桐花就要到客家聚落的桃、竹、苗，並且我唯一一次近距離賞桐花，就是在苗栗山區。

桐花樹生長在低海拔，它的花是頂生聚繖花序，開花時一大簇一大簇的，充分展現出數大就是美，白色的桐花有五片花瓣，雪白的花瓣，襯托紅黃色的花柱花蕊，十分清麗。因為桐花的花身輕盈，又開在樹梢頭，只要風一吹拂，片片的油桐花便隨之舞落。桐花的美，更在於它離開樹梢飄落的過程，它不是筆直墜落，而是以旋轉方式飄下，且是漫天撒落，猶如陣陣的白色飛雪。所以只要四、五月桐花季開始，頓吸引眾多賞花人士的追逐。

過往桐花的命運也如日治時代油桐樹被廣植而後棄種般，默默開花，隨風飄零，直至客家桐花季伊始，在花祭、文創、地方產業的推動下，讓人們重新發現桐花飄零如五月吹雪般的美。

當在苗栗山區看到散布林間步道，被露水或雨水淋過的花骸，我仍不免為油桐花短暫開放，瞬間飄零，化作殘泥的生命歷程，心頭感到微微的難受。

✿

二十年前，因為要去龜山上課，讓我留意到油桐花開的季節，也帶著歡喜的心情行進在路上，後來只要看到桐花季開始的訊息，就自然的想起那段日子。離開龜山校園兩年後，我再考進另一個面對河口的研究所，栽進另一段更漫長的學習，後來從小惠那裡斷斷續續得知小玉找到一個好歸宿，辭掉學校的工作，爾後我跟小惠等也漸漸失去聯絡。近兩年，我在一場佛教藝術的講座中，無預期的遇到多年不見的阿翔，他生了一場大病，頭髮全白，過去四海的神情不再，代之是凝斂的神色，聽他說已經離開學校的工作許多年了。

在現實生活裡，我逐漸遠離讀書的日子，也和那些曾照顧過我，給予我許多協助的在職同學們失去關聯；在心裡，想念卻不曾淡去，尤其到了桐花盛開的季節，看到五月雪的畫面，總讓我的思緒回到那些年在路上奔馳，夕陽輝映金身悉達多太子的光芒，以及在校園和大家同窗學習，短暫又美好的時光。

訪紫藤

艾薇塔說她後來又單獨去一趟足利花卉公園，再看一次盛開的紫藤花。

二〇一四年，位在日本栃木縣的足利花卉公園因美麗的紫藤花海聞名，被CNN評選為世界十大夢幻的旅遊景點，由此這個景點開始引起花迷們的注目。那時我還未曾聽聞其名，更不識紫藤的真面目，只偶爾聽到姊姊說她這一生的夢想之一就是到足利公園去賞紫藤。

紫藤花季多半從四月下旬到五月上旬，有心的賞花人必須密切關注花開的時間，然而大自然的生態往往因氣候變遷及各種因素改變，所以能在紫藤盛開時恭逢其盛，是需要幾分運氣的。

兩年後的春天，透過朋友認識了艾薇塔，艾薇塔是單身貴族更是個日本通，專業的工作之餘，慣常每月去一趟日本。那時她揪了一些好友，規畫一週的日本賞櫻之旅，行程北從青森的弘前城櫻花、盛岡石割櫻、檜木內川堤的櫻海、角館武家屋敷的垂櫻，時間上的計算，為的是趕上沿途滿開的櫻花，一路來到東京都，轉進栃木縣正逢足利花卉公園紫藤的花汛。雖然花期已至，不過紫藤生長的速度從總狀花序綻放到長達三十公分花串，需要一些的時間，有趣的是，足利花卉公園的門票費用是依紫藤花開的情況而調整，還會有夜間賞花的優待。

當我們一行人來到足利花卉公園前，我對即將看到的紫藤並沒有概念，純粹陪著姊姊前來圓夢，畢竟從小生長在中台灣，我不識得此物。我們的入場門票費是中等價位，這也意味還不到紫藤花瀑的盛況，不過對旅人而言，能夠千里迢迢的來到這個夢幻景點，也很高興了。

一入園，我旋即被眼前的畫面震驚不已，園內大約有三百多株的紫藤，主打的幾株招牌大藤，每株樹齡都超過一百五十年，樹幹蒼勁，上設平出藤架，一串串半尺長的紫藤花串從中垂墜，花串密實，蔚成一幅寬千尺的紫色花瀑。遊人穿梭在花瀑下，此起彼落地發出讚嘆聲，而這遠從江戶時代即在的「大藤」，也以它不失信的花汛回應賞花人。

穿過紫藤花海，隨即又被「白藤通道」擁抱，「白藤通道」長約八十公尺，遊人從通道緩緩走過，能夠近距離感受到白藤花穗美麗中帶細緻的溫柔，讓人心頭自然漾起幸福感。除了著名的「大藤」花瀑和「白藤通道」，園內還遍植數目可觀的黃藤，株株的黃藤樹上垂綴著串串密生的花穗，任意張望，視線都會被漫天的黃藤花海淹沒。

姊姊長年生活在美國，多少見過紫藤，如今來到夢想中的景點，反而顯得淡定，不似我特別開心，尤其是在紫藤公園裡，能切身感受到花的香氣。紫藤的香氣獨特，淡淡的氣息中帶點穿透的芬芳，香味幽雅，有種低調不擾人的貴氣，那樣的氣味是我未曾經驗過的，所以成為嗅覺記憶中的唯一。

我們心滿意足的離開公園，臨回台前，聽艾薇塔說她又單獨去一趟足利花卉公園，為的是在夜間欣賞更加盛放的紫藤花瀑，想像夜裡被花氣和花顏所擁，大概會忘卻今夕何夕。

後來我再沒有看過紫藤了。幾年後，和姊姊一起到台東旅遊，一天從某處郊區的景點離開，前往停車處時，姊姊忽然指著路旁一處荒蕪地，驚喜的說，那是紫藤。目光隨著移動，但見荒蕪間有一簡陋棚架，架上年輕的紫藤藤蔓攀延，還有幾串細弱的紫藤花垂飾其間。我們快步走過去，有種他鄉巧遇的驚喜，雖然眼前的紫藤花串顯得稀少，但它散發出來微微的馥郁香氣，立即勾起我記憶中美好且浪漫的嗅覺記憶，我們在花架下來回穿過，直到不得不離去。

之後，島上陸續出現許多關於紫藤的花汛，好像是遍地花開似，每逢春天，賞櫻熱潮過後，就會讀到各處賞紫藤的熱門景點介紹，然後因為疫情中，國境的長期封鎖，再也沒聽過足利公園裡紫藤花瀑盛開的聲音，連艾薇塔也不得不中斷她慣常的日本往返。

隨著時間的推移，瘦弱的紫藤逐漸在島上成長蔓延，形成一處處的好風景，也吸引大量的賞花人。每每看到某地的紫藤花盛開，心底不免騷動一下，但生活上總是存在許多想做而未能行動的事，跟著媒體介紹專程去欣賞紫藤這事亦然。

因此，多年前為了陪同姊姊圓夢，而將自己帶入足利花卉公園的夢幻裡，就封緘在記憶裡，連同花的香氣。

花為用

在海外一個聽講的場合上，巧遇幾年不見的朋友J。J是我多年前在美國認識的，當時我們前去參加一個研習營，被安排在同一寢室，雖然同住但並沒有過多的交談，畢竟活動中大家都忙，尤其J是一個中醫師，為期一週的研習當中，總會有人因水土不服或臨時的身體狀況，需要她的協助。所以在緊湊的研習課程外，但見她常被找去義診。而回到房裡，偶或還要幫我們幾個室友看診或針灸。

後來，在幾次類似的活動中，我們又不期而遇，因曾經當過室友，所以我也會去找她詢問旅外突發的身體不適症。J是北京一家老字號中醫院的醫師，先生在香港工作，婆家在台北，所以她經常往來三地，平時不知道她的行蹤。

經過近三年的疫情，當我們意外重逢時，我第一句話便是問她「現在住在哪裡？」她回說「香港」。數年不見，我們在飯店大廳小坐片刻，簡單的聊聊近況，她問我，最近還有沒有新的作品。我告訴她，這兩年來，我的寫作聚焦在「花」和「禪」的關聯。她要我舉例說明創作的方向，我說著說著，明顯的感覺到她的不太以為然，於是又深入說明，在寫「花」的部分，我著重探討的是花藝理念的展現等。

J接口說，她自己很喜歡花，在臨床上也常會用到花，因為花有治療的功效。於是換我要她舉例說明，J舉菊花為例，她說菊花的花序就像是一個曼陀羅（Mandala）。以曼陀羅的概念來做為身心療癒的統合，前人早有研究，連著名的心理學家榮格都曾向西方推介這套源自東方的儀式。我好奇的續問J，那麼她在臨床上拿菊花來治療什麼？「情緒」，她專業的回答，「玫瑰也可以治療情緒」。就在我為自己這方面知識性的不足而感到遺憾時，我們之間關於花的話題也因接下來的行程而匆匆打住。

不過J的談話卻在我的腦海中縈繞良久，感覺自己學習花藝，努力認識花卉，但對於花的瞭解卻僅於外相，而關於花的治療，也因這一席談話，讓我想到另一個從事芳香療法的朋友珍。在我看來，珍是一個奇女子，她出身西醫家庭，本身是頂尖大學文學科系畢業，卻對芳療這事情有獨鍾，大學畢業就投入這一行業。早期，芳療師不似現在被認知，通常被視為從事按摩業者，但珍因為興趣，無怨無悔的一路走到現在，珍為了品質把關，自己進口芳療產品，還會獨自飛到法國和澳洲等地，參加外國講師開設的工作坊課程，她的英文流暢，能說能譯，感覺從她那裡，我多少窺探到芳療的廣闊天地。

芳療是透過精油來改善身體的若干症狀，而精油從富有香氛植物的花、葉、根、種子等部位萃取出來。不同部位萃取出來的療效也不同，如薰衣草有安神效果，檸檬或葡萄柚能提神，薄荷能驅蚊蟲；玫瑰、茉莉的淡香則讓人聞之神清氣爽。其實這些精油經常被應用在日常裡，只是我們不一定明顯感受到，譬如我有時到某些連鎖的髮廊洗頭，會被問到「要不要洗精油？」當回答好後，又要在薰衣草、葡萄柚、玫瑰精油間做選擇。若是在夜晚洗髮，我多半會選薰衣草，希望能夠助眠；夏天我一定選葡萄柚，感覺清涼無比；但如果前去洗頭是為了要參加活動，我會選擇玫瑰，這樣對於精油的直覺似已成慣性，不必思索。

不過，進到珍的工作室後，我不必做任何選擇，而是交由她決定。珍慣常會請客人先喝杯含花精的水，然後小坐一下，說說話後再起身調精油。在開始芳療之前，她會說明當天調的有哪些精油，想必是根據每個人的身心狀況而調，從她口中所說的霍香、依蘭、乳香，都是我未曾知曉，但似乎常被用在我身上。珍將調配的精油滴在客人身軀，再用手掌輕推，她的推勁不大，有些人甚至覺得過輕。我也曾經問過她手勁的拿捏，珍說明，好的精油本身就能發揮療效，所以不必太使勁。

長期以來，我們一直使用珍所推介的巴哈花精乳霜。這款乳霜對於消除瘀腫有明顯的效果，成為家裡的必備品。珍的工作室有讀書會，透過她的陸續解說，我也對於花精的療效有了一知半解。關於花精的療法，是由英國的一位外科醫生愛德華．巴哈（Edward Bach）所發明的，巴哈醫生專擅順勢療法，他從植物中發現三十八種的單方花精，這些花朵的能量被保留在露水裡，可以用來對應身體的負面情緒，是一種純天然的療法，可以為人們帶來正面的能量，宛如巴哈醫生自己所詮釋的：當我們服用花精時，是在讓花朵的美德湧入我們的個性。

其實我們不僅服用花精，也會吃花，如一般餐桌上常見的青花菜、花椰菜、油菜花，以及或炒或煮湯的金針花；在西方，有些花被視為料理的極品，朝鮮薊被稱為花料理之皇，在地中海的料理當中可以看到，我自己則只在國外的烹飪節目裡看過；又義大利有各種吃櫛瓜花的傳統料理，櫛瓜又稱夏南瓜，營養豐富，在蔬果時摘除的花苞，成為當地人喜歡的花朵料理。

基於地緣產出的不同，各地關於花的料理也不同，好比日本人也吃櫻花，櫻花種類甚多，但不是每一種都可以吃，日本人吃的是「關山櫻」，將關山櫻花瓣加以鹽漬，便可以加入麵包或鬆餅裡，還可做成櫻花餅。這些花的料理通常在春天最多，我曾在賞櫻季節時在日本吃過櫻餅，或許是一種心理作用，感覺賞櫻品櫻特別富詩情畫意，爾後只要看到有櫻花的食物，我都會光顧。

不單吃花，我們也喝花，有一陣子流行蝶豆花的飲品，它藍色琉璃光的色澤十分迷人，又如玫瑰花茶、茉莉香片、蜂蜜桂花各有其美，還有消暑的洛神花、解燥的菊花茶、助眠的洋甘菊等，在在滋潤了我們忙碌生活中的乾枯。

和J的短暫談話，促使我去思索在花藝創作之外，關於花的其他應用，也愈發體認到花在我們的世界，除了賦以精神上的富足，讓文學家寫出許多經典的歌詠花朵的作品、畫家畫出花的精髓、設計師據此衍生出和花朵的相關意象；更實際應用在芳療、飲食上。

花朵將它從大自然吸取到的日月精華，毫不保留地奉獻給人類。在欣賞花朵的美麗之餘，意識到花的為人廣用，我忍不住要衷心地向百花們致聲「謝謝」。

花希望成為自己的樣子

那幾天，我眼裡充滿金光閃閃的豔麗色彩。

農曆年將近，插花人跟著忙起來，不論是為己為人，乃至環境所需，應景的年花供不應求。年花講究吉利的意涵，蘭花、水仙、富貴竹、金桔等是熱門的盆景；若採插作，染成金色的各種葉材和酒紅、粉紅、綠色、寶藍、紫金色的牡丹菊不可或缺，感覺只要幾朵牡丹菊配上幾枝染成金色的大小葉片，或者華麗變身金色的銀柳，過年的味道就出來了。

農曆年前一週，某晚，我單獨前往內湖花市上課，教室在花市的最深處，從前方進入必須通過闃黑無人的上百家攤位、平面輸送區，才看到遠處教室流出的一窗燈光以及隱約的身影。為了避走這段漆黑的路，我多半從後方停車廠出口柵欄處閃進花市裡，相較也是離教室最近的距離。

那夜，我行走著，忽然看到前方擺滿了上百個塑膠大桶，每個桶裡都放著整齊的花束，花朵一致地被紙團裹住，我隨即意識到，眼前無數的大白菊正在黑夜裡被施以各色的染劑，待黎明時變為人們喜歡的色澤，並賦以牡丹菊的美名。

年前我循例在家插一盆年花，用了多朵酒紅、兩朵土耳其藍的牡丹菊為主花，配上染金的三段竹節，象徵節節高升，一盆喜氣洋洋的年花也完成。我自己素來不是很愛染色的花，但過節不能免俗，便欣然和豔麗的牡丹菊對看。仔細看來，因為吸收染劑的情況不一，雖是同色系，但各朵牡丹菊的花面卻同中有異，濃淡不一，饒富趣味。那幾天，到處只要看得到過年花藝的布置，多半能看到牡丹菊，差別在顏色的選擇上。

除夕，我們留下那盆金紅色系的年花，返鄉過年。

過年當天，我慣常和孩子們到台中寺院禮佛，然後隨意在市區走走，由於自己接觸花藝，經過商家時，自然會特別留意櫥窗裡偶現的盆花，行走間經過一家店，看到店裡面陳設幾件大型的中華花藝作品，有一件以缸為器，缸中插了兩、三朵牡丹菊，牡丹菊的花面均勻分成淺藍、淺黃、淺綠的色塊，三種色澤溫柔又融合，我第一次見到這樣的染法，當下有點驚豔，心想時下的染花技巧也太進步，可以經由人工改變花容，以符合大眾的審美觀和價值觀。

離開大街，我們憑著記憶轉入一處社區的巷弄裡，那處社區還保留許多舊時二層樓有陽台的建築，這些特色建築也進駐了小酒館、炭烤店、咖啡店等。穿過各巷弄，目光一直被沿途的紫荊花和扶桑花吸引，成樹的洋紫荊以及枝上的扶桑花，隨風擺動，在冬陽的照射下，有種亮澄澄的生命力，不免聯想起作家施叔青寫香港三部曲的第二部《遍山洋紫荊》；李相日導演拍《扶桑花女孩》這部日本電影，必然也是因為該花的象徵性，畢竟洋紫荊常與香港聯結，而扶桑花則讓人思緒飄到夏威夷。

找到了記憶中的咖啡店，在戶外的位子坐下，無所事事的當下，眼光被對面人家爬滿一樓圍牆上的九重葛花瀑攫住。九重葛花和鞭炮花一樣，常被種在圍牆旁，以利攀爬。九重葛花小但數多密生，開花時常形成整片的花海，紫色、白色、深紅色的，肆無忌憚的盛放，讓人眼睛一亮。

洋紫荊、扶桑花、九重葛等的花片質地薄，不適合做切花，反而有了自由自在的生長環境；牽牛花也是，不論是攀附向上的枝藤或貼地生長的矮牽牛，都很可愛，只是繁殖力強，平易近人，就不那麼被看重。

其實花和人一樣，都有所謂的天生氣質，素來被視為珍品的牡丹、芍藥、繡球花，需要特殊的生長條件和環境，才能開出美麗的花朵，供人欣賞。而以「人」為主的審美觀，左右花的身價，所以養花人借由加工來創造花的價值，如將大白菊染成單色、三色牡丹菊，乃至七色的彩虹菊；至於插花人，也常使用噴漆、鐵絲捆綁、剪黏諸多手法來改變花的顏色和生長姿態。有趣的是，白菊雖然可以藉由人工化身為牡丹菊或彩虹菊，但這樣的改變卻只限於眼前，無法延續到花的下一代，因為染劑能影響現前的外在，卻無法改變基因和天生氣質。

關於天生氣質，我最開始是從孩子幼稚園老師口中聽到，那時孩子讀的是蒙特梭利的幼兒園，蒙特梭利教法著重在於「跟隨孩子」（follow child），也就是讓孩子在準備好的環境中，適情適性，依著天生氣質主動選擇學習。然而這般的學習方式隨著幼兒成長，進入國民義務教育系統，受到體制內外的各種制約，天生氣質逐漸被社會價值消融，漸漸變得模糊了。

我不能忘卻一事，即和我同齡的堂弟有一小兒，俊秀聰明，他從幼童時就很喜歡養昆蟲，從養螞蟻到各種不同的蟑螂，我偶爾去找堂弟，都會聽到弟媳描述被小兒房間抽屜裡的昆蟲驚嚇到尖叫不已。那時，有「螞蟻先生」之稱的美國國家科學院士威爾森（E.O.Wilson）和德國社會生物學家霍德伯勒（Bert）合著的《螞蟻螞蟻》中譯本剛出版，我手頭正好有書，便找時間送去給堂弟夫婦，告訴他們，若是好好栽培鼓勵，日後孩子或可能成為出色的昆蟲學家。我自己向來認為如果職業正是興趣所在，那是快意不過的人生。

二十幾年過後，堂弟的小兒從化工研究所畢業並從事相關的研究工作。一日我回彰化去找堂弟，聊到都已經長大就業的孩子輩，弟媳說，她家小兒上班之餘，十分熱中養鍬形蟲，有些國外的品種交換不到，便用購買的，價錢不便宜。我聽完不禁笑了出來，嘴上沒多說什麼，心裡卻OS：這孩子都二十幾歲了，天生氣質仍沒變。

離開鄉下的那天上午，我沿著圳溝旁的小路，想去宮廟拜拜，圳溝整治過但幾近乾涸，溝旁臨路砌有半人高水泥牆，鄰近的居民在牆上放置裝土的保麗龍箱，隨意種些乏人照顧的蔥、香菜、紅菜或小花草。

我閒散地張望，注意到前方連著的幾個保麗龍箱種著雞冠花和圓仔花，乍然看到，覺得這裡合該就是它們的地盤。這幾年，雞冠花和圓仔花被廣泛栽種成切花，花市裡不乏少見，但相較之下，卻少了這份理直氣壯，這種天地任我伸展的豪邁。我靠近一兩朵大得出奇的雞冠花，感受著這花的不拘謹；至於一旁的圓仔花也有別於花市改良過的，它俗豔的色彩，跟我小時候在彰化市北門福德祠旁的電線桿下所見的一模一樣，原來它們至今都沒有丟失自己天生的氣質、原來的樣子。真美！

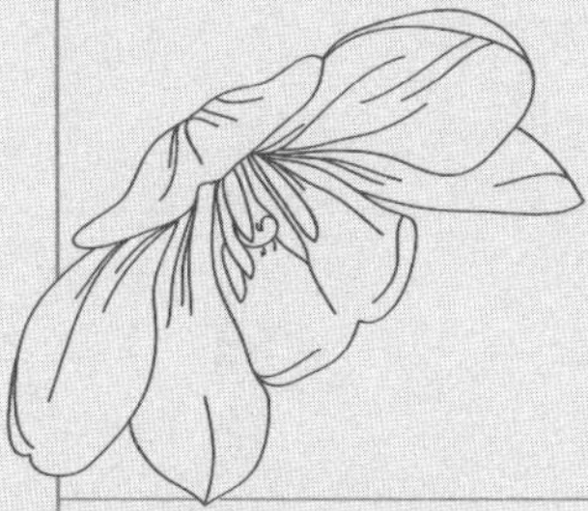

【輯三】

一個人的花藝課

我慢慢意識到，

獨自安靜地插完花後，

竟有一種意想不到消除疲憊的效用。

經過繁花盛開

插花不難，任意的花草經過修剪，置入不拘材質的花器，便成為一件平易近人的作品，這也是喜歡拈花惹草的人生活中常做的事。而花藝則不然，既名之為藝，就如茶藝、書藝等，是需要一些技巧的學習和鑑賞準則，所以要走花藝師之路，拜師學藝是必須的過程。

花藝設計在當今發展蓬勃，不同流派各有擅場，以西方流行的花藝來看，美國風、荷蘭、德國、法式的各成一派，各流派的理論和實作發展得十分成熟，就造型上不論是整齊的、繁複的，走自然風，乃至豪放的，也都各有其美；再看東方花藝的分野，有宗教人文底蘊深厚的中華花藝，更有淵源流長的日本花藝，後者數百年來，從最初的池坊，發展出小原、草月及其他大家流派，對花藝美學的影響深遠。

由於東西方美學觀點不同，對於花藝講求的意趣、形式、風格的鋪排順序也不同，譬如中華花藝以意趣為先，日本花藝首重形式的變花，西方的花藝則尚色彩。但是在不同的審美觀中，卻有一個共同不二的觀點，就是傳達自然生態的氛圍。

通常剛開始學習插花的人，並不會去思考各流派背後的文化背景，多半是抱持想學插花的念頭就一頭栽入，然後跟著老師的示範依樣畫葫蘆，而不論是學哪一種派別技藝，很難一蹴可幾，必得經過不斷的練習過程，才能慢慢的有些體悟。

我自己在巧合下，同時間開始中華花藝和美式花藝的學習，沒想到兩種不同的教導，對於初時的我而言，竟形成一種扞格，因為在插西洋花時，我會有意地營造出留白或隱約的意境，結局是常被老師修正。幾次下來之後，我知道上西式花藝課時，必須完全放下中華花藝的概念，將自己歸零，全心接受西方流派指導。

而不論哪個流派的花藝，都會有一套鑑定程度的升級考試。我的西洋花老師是指導美國花藝設計學院（AFAS）鑑定考試的資深教授。跟他學習一段日子，修習合格的學分後，我也跟著大家一起報考初階「花藝設計師」的證照考試。初階花藝師的考試內容是在規定的五十分鐘內完成一個手工胸花和一盆植生設計。那時，我陷在仿作的階段，被月眉型、三角型、水平型、S型等各種花型的比例對稱弄得信心大失，對於考試科目「植生」更是摸不著頭緒。考試之前的幾次加強複習課，老師示範了「植生」，也就是植物生態庭園的插作，花器是一個黑色的大圓盤，這個大圓盤象徵著大地，通常會有十來種的花材，包括細石、苔蘚、寸長的枯木段、扁柏、高山羊齒、壽松、玫瑰、劍蘭、蘆葦、桔梗等，然後依著「植生」區塊的比例，在三十分鐘內完成一個有池塘、棧道的生態區，區裡有高高低低，錯落有致的樹林和群花。印象深刻的是，老師一邊熟巧地創作植物生態時，一邊說，作品的空間必須營造出可以讓蝴蝶飛來飛去的自然風。

想像著蝴蝶飛舞的情形，我在鑑定考試時，愉快的在黑圓盤花器上，以苔蘚、高山羊齒鋪底，碎細白石圈成池塘，再依高低、分區插作「植生」作品。當天考試的花材有伯利恆之星，它有居高的威儀，再輔以蘆葦臨風擺動的風情，動靜交融，然後是金魚草、小品黃玫瑰、白雛菊、粉桔梗。我完全沉浸在自己意念裡的生態園裡。作品完成後，感覺上似乎真的可以讓蝴蝶在林間穿來穿去。考試完畢後，近百盆的「植生」作品全部排列開來，等候評審們的評分，考生們也會把握機會去觀賞別人的作品。雖然大家拿到的都是同樣的花材，但近百盆的「植生」作品卻展現出插花者不同的創作技巧和營造出的各式生態景象。

除了鑑定考試，在學習花藝的過程當中，觀摩也是相當重要的，一次因老師參與花藝會的示範表演，所以同門的學生們相約一起前往觀賞，那次老師受邀表演的是花藝會的主題之一：綑綁花束。同場共有四位名師一起上台，我的老師示範的是做工繁複的椎形花束；而他旁邊的一位花藝老師則用了很多美麗罕見的花草，綁出極華美且需兩手環抱的大型歐風花束。事後，我在社群鋪出幾張活動現場照，一位對美學頗具獨到觀點的朋友看到後，對我說：「我實在不喜歡你們的那些花，太複雜了。」我趕緊跟她解釋，畢竟那是表演的作品，花藝表演或者比賽，一定得別出心裁，展現技巧或設計的難度。

學藝常是這樣，從貧乏進入模擬，慢慢累積經驗後，有自己的想法，也有能力表現出繁複的技巧，這時可說是工夫在身，拿捏自如了。不過我們也看到有些具代表性的花藝師，在達到技藝高峰期後，不多作眷戀，轉身投入田野，回歸大自然，從最平常的草葉花木中，尋索更多創作的靈感和養分。日本著名的花藝大師上野雄次在近著《一花入魂》中，有感而發說到，當人一旦有了欲望和自滿，就會想做出一些奇怪又讓人驚訝的東西。在享譽國際後，上野雄次「繁華落盡」，回過頭來插「一花」之作，《一花入魂》中每件作品都只有一朵花，卻讓人深深的感受到每朵花獨特的氣質與花魂，而簡約沉靜的作品，傳達出一種深遠耐人尋味的美。

回到中華花藝的插花課，在教授時，老師常常會提醒主客使枝之間的安排要契合自然生態，尤其是插寫景花時，是藉由插作來歌頌大自然，要講究自然的時序和趣味。當老師講到寫景時，花器就是象徵著大地，我突然在中西花藝學習的扞格中領悟到兩者的共通，那就是自然生態。不論哪種流派的花藝，終究是想傳達自然的微風、森林、流水、各種花朵和植物的生命，缺乏對生態的認識，花藝的學習只會流於技巧層面。

無論如何，在學習上總是必須先經過一些親身踐履的過程，幾番體悟之後，才能神領意會到「繁華落盡見真淳」的深刻意境。

我依然走在花藝之路，認真的學習插花技巧，累積對花草枝葉的更多認識，在這漸進的過程中，我隱隱感到心底有一股與日俱增的力量，那是自然生態對我的呼喚，不過我不急於回應，我沉得住氣，我心裡還有些想望，得先看過一番繁花盛開的榮景。

神祕箱

一開始，我根本搞不清楚神祕箱是什麼，只偶爾在插花課上聽到這個名稱，後來才知道原來是花藝賽中的一個比賽項目，但那時，關於神祕箱的種種離我尚遠，畢竟我還沒有能力去探究它。

隨著學習時間的累積，我逐漸跨入神祕箱這課的門檻，懷著期待的心情開始上課，第一堂課卻讓我頓時不知如何是好，因為老師一開頭便說，神祕箱是一堂不做示範教學的課程，完全由自己發揮。老師只在黑板上寫下當天的花材和創作主題。在面對眼前的花材和主題時，老師提醒大家先花幾分鐘想想自己的架構，或者畫一下草圖之後，再開始動手，然後遊戲便開始了。

上神祕箱課程的同學，基本上都已通過相關的花藝師考試，多少有些工夫在身，所以一聲上課後，但見周圍的同學們隨即俐落的處理花材，並且迅速的插作起來，而這時，我多半腦中猶一片空白。

正因為沒有定法，所以反而更難，我記得有一次的主題是溫泉飯店。材料有紐麻、春蘭葉、粉玫瑰、非洲太陽菊、銀葉菊、白色金魚草，淺紫火鶴、綠色桔梗、高山羊齒，我當時聯想到日式的溫泉飯店，心想如果這盆花是要擺在飯店裡，那麼就要有點氣勢才顯得大器，於是我以春蘭葉編織出象徵溫泉浴池旁的籬笆，又以紐麻橫豎做出氣派的架構，佐以群花，然後用銀葉菊來營造出溫度。

當大家都完工後，老師要求依序將作品搬上台，並在黑板上寫下評分細目，讓同學互相比評給分。在作品一一呈現後，看到別人的，尤其是有些人的架構技巧純熟，作品做得又快又好，相形之下，就知道自己的能力如何了。

就這樣，每次都是硬著頭皮前去上神祕箱的課，也從互動中汲取到未曾有過的創意技巧。又一次，主題是迷你花束，所謂「迷你」的定義是花束的長或寬不超過二十五公分。花束綑綁，不論是多層次的或畢德邁爾式的，對大家來說不難，但我們慣常做的是一般大小，如今這迷你花束不但要合乎尺吋內，還必須做出獨特的架構，可真是費心思。當同學們手忙不停時，老師也說起當年他即是以迷你花束的作品拿到全國花藝賽的好名次，他說在二十五公分的範圍限制下，他做的花束只有十公分，微型的花束有完整的架構和造型，也就從中脫穎而出。

神祕箱比賽的時間很短，大約三十分鐘，所以基礎工非常重要，即便是老手，有時上場也難保不失手，老師又敘述了他同好曾經在台上參加神祕箱比賽的經驗，他說同好一拿到花材時，突然腦中一片空白，待做好架構卻擺不進花器，最後只好快速重作，所幸沒有被淘汰。

關於神祕箱比賽，在類似《地獄廚神》的節目中也有，我曾看過烹飪比賽的節目中分為三關，要做出沙拉、主菜、甜點三項，參加的廚師們幾乎都已在業界工作，更多的是獨當一面的主廚，活動進行的每一關，每個廚師都會拿到一個神祕箱，神祕箱裡有各樣的食材，如同花藝神祕箱賽一樣，比賽當中最好能將所有的素材都用上，這也是對參賽者功力的一種考驗。這樣的節目之所以好看，是因為觀眾會看到，即便已是熟手的廚師，面對比賽，常在緊張的情緒下不慎失手。這或許可以料想為，廚師慣常先決定好菜單、菜色，然後採買、定菜，烹調節奏都在自己的掌握中，但忽然間節奏被打亂，面對的可能是不熟的食材，緊張失誤就難免。同樣的，花藝設計也是如此，所以神祕箱的設計，不只在測試個人的專業能力，更讓基礎工夫無所遁形。

上神祕箱的同學固定是幾個，多半已考過荷蘭花藝或美國花藝的教授資格，所以每次的上課，感覺都是一場競技。但隨著課程進行到後半段，一次次的互相比評，我忽然意識到，無論面對的主題為何，每個人好像會在不經意當中流出既有的慣性。同學中有一青壯的男士李，他的技巧和創意都不在話下，他慣常坐在最後一排，也喜歡坐後面的我，常和他並排插作，每次我的作品還完成不到三分之一，他霹靂啪啦的就說「老師我做好了」，他的作品在細膩的技巧中流露出豪邁，幾乎每回皆是。另一已退休的女同學，也已通過荷蘭花藝的教授資格。她擅長用編織和摺疊的方式做架構，技法成熟，插法乾淨，作品皆小而美。而在同學的眼中，我的作品就是大，按我自己的想法是大派。女同學經常說，插花應該和身子有關，像我的個子高，插出來的作品就大，她自己是嬌小型，作品相對的較小。只是我並不認同這樣的說法，我以為作品是跟人的「心」，而非身有關。

神祕箱的最後一堂課，主題是「熱帶」，老師同樣要我們先想一想，我因之前手腕受傷，不太能流暢的執花剪，連帶想法也受到牽制。呆坐了一會，看到前面的男同學陳已經開始摺疊山蘇葉，層層疊疊的，他說想要做出夏威夷草裙舞那般氛圍。旁座的同學李一邊敘敘說說的，一邊似連想都不用想的飛快插起來。一會兒，我勉力想做出一個似新加坡植物園裡熱帶花園的感覺，多年前我曾經造訪過，對裡面的胡姬花留下美麗的印象，於是我慢慢的架構出一個繽紛熱鬧的熱帶花園。

當大家都完成作品後，老師一一的講解，他說同學陳做的波浪葉固然很費心，但整體的插法卻有點東洋風，缺少熱帶的關聯。面對快手同學李的作品，老師提點他如果想要在外參賽就要把握現在，因為這幾年可能是他創意最澎湃的時候。至於女同學的作品，老師則花很多時間講解，告訴她如何調整，避免慣性的方位和結構。因為手傷，我自知這堂課並沒有插得太好，而老師也沒對我的作品多做評論。

下課後，準備離開時，我忍不住問「老師今天怎麼都沒有說說我的作品」。老師淡淡的回說，「我覺得你今天的作品已盡力，放過你，畢竟他們幾個的程度較高」。謝過老師，離開教室，我感覺到心裡有股情緒，我終於在神祕箱的最後一堂課，從老師委婉的話中，確定自己是班上同學當中實力最弱的。照理說我應該感到難過才是，但我卻清楚心裡面不是這般情緒，毋寧說是種微微喜悅。老師點出實情，讓我明白今後還有許多學習和成長的空間。

神祕箱這門課，其實也很像我們的人生，永遠不知道下一刻會拿到什麼牌，如同電影《阿甘正傳》裡的名言「生命就像一盒巧克力，你永遠無法知道下一個會吃到什麼味道」。

花器與花

插花要有花器，先有花再找花器，或先有花器再決定花材，常需要做選擇。

而順序不同，考量的重點也會跟著不一樣，如果先決定用哪個花器，接下來花的種類、顏色、花型，就要依花器來發想。

像我這般尋常的插花人，有時不免苦於花器的不足，尤其是去一趟花市，在貪便宜的心態下多買些花，回到家便面臨花器不夠的窘境。一般居家環境因為空間有限，沒有地方收納，不會有太多的花器，好比我家就一個大的玻璃瓶、一兩個陶瓶、幾個材質不一的小瓶。這兩年，學習中式花藝，只添了一個碗、籃、大盤和一隻瓶，至於西洋花藝常以架構吸睛，有時並不囿於一般認知上的花器。不過在花藝創作上，花器仍然很重要，就像要寫好書法，毛筆的材質也要講究的。

居家插花，將花任意擺在容器中，自己歡喜就好，但如果是要展現在大家的眼前，就需要講求花器和花材搭配的合宜。記得我初次參與一項小型的花藝展時，先構思用直筒狀花器，決定好便開始選物，因為住家的地利之便，我到百貨公司的美式家飾商場逛，逛了幾圈，找到一個合適的，但價格有點超出預算，我當下沒買。隔兩天到花市去逛，發現有類似的花器，價格只有商場的一半不到，我高興的買了。

從花市帶回那個打折出清的黑色筒狀花器，擺在家中仔細觀看，想像花材插上去的樣子，卻愈看愈覺得上不了場面，當晚我臨時又去一次百貨公司，看到先前中意的那個黑色花器還剩兩個，店員告訴我其中有一個會漏水不賣，我慶幸的立即抱回原本屬意剩一個的花器。同樣兩個黑色筒狀花器，花市那隻的瓶身用機器壓出細細的凹凸紋路，看得出是大量生產的器皿；而美式商場的這一隻器身稍高，黑釉亮度深沉，瓶口往下至三分之一處有長短間隔的金色線條，顯然是手工繪的。後來我看到展出當天所拍的照片，很慶幸自己即時更換花器，否則相對其他人精緻的作品，自己應該會感到臉紅的。

因為是展覽，無論花材或花器的選擇都得用心，才能展現出創作者對花藝的功力，我最近去觀賞一場季節性的花藝展演，受邀上台者幾乎或多或少囊括國內外的花藝大賽名次，其中一場有五個花藝師同時上台，第一位在接受主持人訪問時說，他當天的花藝設計是先有花器然後才發想，他用的是一個收口大腹黑釉瓷器，器身分布不均勻的金色色塊，狀似豹紋般。他表示這個瓶是為了展演特別借來的，場上他所插的花型往上延伸，應是可以表現這個瓶子的美。另一位用的花器是自己收藏的葫蘆竹，葫蘆竹的竹節甚密，竹身有點自然的彎度。為了表現這個特殊的花器，她只用了小株的蝴蝶蘭妝點；其他三位用的花器分別是米篩、抽油煙管、不鏽鋼管。那天我在會場看到的還有東洋花系列的高腳瓷器、柴燒花器、手拉胚、二重竹筒花器，不免覺得花藝家們在花器的選擇搭配上很有創意。

其實在花藝上，很多器皿都可以拿來插花，如家中的玻璃杯、茶壺、咖啡杯、馬克杯、水果盤、酒瓶，因為這些器皿的造型各異，插出來的作品也有不同的風情，應用之間充滿趣味，好比同樣是玻璃杯，選擇透明的或磨砂的，就會有不同的效果。我還曾看過有人用粽葉來當花器，而在一次迷你花束的展演上，姊姊別出心裁的用幾個蛋殼當花器，我用鐵絲編織成一個花器，另一個朋友則用木片編成半球體狀的花器，花器的材質之讓人意想不到，也覺得創意無限。

花藝並沒有一定的準則，只是在花藝上，花器和花之間的關聯性非常密切，因此專業的花藝師們不乏花器的蒐集，而這些花器從破銅爛鐵到陶藝家和琉璃藝術家的作品都在蒐藏之列。我曾經看過一段影片，一位住在大陸寧波的花藝師，居家的環境到處是花器，在這些花器當中，素材有斷垣殘瓦，也有年代久遠出土的銅器，全是他到處尋找來，再經過自己設計、修復，變成獨一無二的花器，如今他身邊的花器已有五百多件，顯然還在持續增加中。

花器多，對於插花人來說，等於擁有更豐富的資源，但在現實上，卻需要有空間可以收納。我的中華花藝老師長年幫一座山間的寺院供花，一次隨著她前往該寺院參訪他們插花的情形，但見在插花作業的平台旁，另有一處寬廣的空間，裡面數排整齊的置物架上，擺著可觀的院體籃、提籃、大盤、碗、瓶，還有大大小小的劍山，讓人看了驚嘆不已，但也因為這些花器的齊備，供花人才能發揮花藝技巧吧。

欣賞別人收藏花器之際，並沒有激起我起而效之的念頭，因為理智會告訴自己，家裡沒有地方放。受限於空間，我不太買大的花器，但有幾個迷你的花器，有的是在旅行途中，隨意逛到的手作品；我有一個紫砂方瓶小花器，也是無意中獲得，這個紫砂瓶口很小，大概只能插一支小花，因花器本身古味盎然，所以雖是小瓶小花的搭配，卻別有一種幽遠的意境。

平日除了跟學老師學習，閒時我會閱讀花藝的書，或者觀看花藝教學的影片，一回，看到熟悉的日本花道家宮本理城在介紹他自己花室裡的花器，他在影片中詳細的介紹非常多種類的東洋花器，包括茶室懸掛用的垂掛花器。身為花道家的後代，他提到除了影片中所介紹的數十個花器外，他的花藝教室裡還有幾倍數量的收藏。一一介紹完不同造型和功能的花器後，他突然性情流露，輕嘆說，等下真不想再把這些花器歸回去。想想也是，不論任何喜愛物件，收集到超過一定的數量，難免也會造成負擔。

撇開花藝家的花器收藏，對於尋常的插花人如我輩，既不役於物，就可以發揮創造力，思考一下如何破除形式，將概念上原本被限制在裝水盛花的器皿才稱之為花器，擴大到凡不會漏水的東西皆可拿來當花器，如此一來，我們身邊能用來做花器的材料就取之不竭了。當「器而不器」的念頭出現，我感覺自己對於花器和花的關聯性認知，也跟著無限寬廣起來。

綠葉美學

學習花藝的人多半聽過一種說法，「插花不難插葉難」。

花朵本身都美，光是將一大把花投入花瓶，不多作修飾，就很好看了，如一大瓶的玫瑰、百合、海芋等，讓人看了賞心悅目，但花藝這事和創作有關，創作關乎美學和藝術性，自然不是將整把花投入瓶中那麼簡單。

插作一盆花時，插花者所要面對的第一關就是花材的搭配，要用哪種主花、副花，要用哪些葉材，尤其是西洋花重視花材的豐富性，在選擇搭配花材時，除考量花朵和葉子點、線、面的形狀，更要注意到顏色的協調。這些前提先想清楚，就可以買花去了。

這兩年，因為學習花藝的緣故，我經常出入台北花市，花市位在內湖區，有橫跨馬路的兩棟建物，分為賣切花的A館和盆花的B館。我出入A館的次數多，館內有上百家賣花的攤位，各家同中有異。記得最開始到花市時，我被美不勝收的花束和低廉的價格給惑住，極盡所能攜帶的範圍，買了很多把花，花市是批花市場，只有論束賣，一束玫瑰二十支，一把太陽花十朵，買回來的大量花束便以投入法插滿了家中的各個花瓶。

隨著去花市的次數多了，我也比較能以平常心來逛，逛過各家後再按照既有的腹案理性採買。熟悉了賣鮮花的攤位後，我也注意到賣葉材的。夾在大多數賣切花的攤位裡，專賣葉材的，相較下少了繽紛的色彩，但卻有著獨特性，通常最前面靠走道的位子上，會有成束的高山羊齒、芒萁、變色葉、電信葉，八角金盤、星點木，似乎是種依高度的陳列方式，然後是葉蘭，春蘭葉、新西蘭葉、山蘇或季節性的植物如小手毬，擺在攤位裡面的則是較高的葉材，常見的有白竹、女真、梔子葉、雪柳、米柳、壽松、楠柏等，種類之多讓人眼花撩亂。後來我到花市去，總在賣鮮花和葉材的攤位之間來來回回，互相比對，選定花材的搭配，在心中勾勒出想創作的花材，畢竟插花要有花和葉的合宜搭配，才會好看。

我們常聽到一花一葉一世界的說法，事實上也是如此。植物因為生長環境和四季不同而呈現出個別且獨特性的樣子，如同當今世界上有八十億人口，就有八十億張的臉，同樣的一棵樹，樹上的葉子乍看之下都差不多，但仔細分別，每片葉子卻是同中有異，因此在面對花藝創作時，如何讓一花一葉都能呈現出個別的樣態，也是創作者的功力所在。

近幾十年來，不受東西方慣性插花方法所約束的現代花藝興盛，有別於傳統的限囿，現代花藝採用更多技法，翻轉了過去花藝創作的格局，其中幾個技巧如捆綁、纏繞、編織，分解、黏貼、針刺等等，在花藝設計上更普遍應用。初始接觸花藝時，看到這樣的創作技巧，總覺得遙不可及。但逐漸的，隨著時間的累積，也有了學習這些技巧的機會，更能體會到草葉各自的個性。

要做捆綁或纏繞設計時，一定會考慮太藺、木賊、水燭葉這幾種線型的植物，我第一次做纏繞時，拿到的素材是木賊，那也是我第一次看到它，木賊的葉片退化，莖細長，中空有節，有人形容它像是空心菜的莖。木賊的莖雖然中空，韌度卻出奇，轉來折去的不太容易斷，很適合用來做纏繞的架構。太藺是水生植物，俗稱太藺草，和木賊同樣的葉退化，地下根莖橫走，稈單一細長，頂上有聚繖花序，硬要類比的話，有點像麥桿。太藺也常用來當捆綁纏繞的素材，且因它頂上有聚生的小穗，做造型時比木賊來得跳動。通常較粗獷的造型可以採木賊，用太藺則相對的柔美。水燭葉又稱蒲草，生長在水邊和沼澤地，它的葉片筆直長條形，除了可以用來表現線形的長度，也常被用來當成框型的架構或大面積的纏繞表現。

同樣是線型的植物，因為屬性不同，延展出的感覺也不同，雲龍柳、米柳，乃至藤的彈性都很強，能夠被拗出創作者想要的圓形、橢圓形或不規則形狀，但其韌度更甚於上述的木賊等，不太能夠折出細緻的角度。這幾種柳藤物，本身即帶一種歲月的蒼茫感，一上場大抵就會因自身的線條，自然營造出空間感和時間感。

綠葉中最普遍的是面狀，這些面狀葉有圓形、卵形、三角形、菱形、腎形、心形等，大小不一，充斥在我們的日常所及。插花時常會使用到的大片葉有葉蘭和山蘇，葉蘭又有一個很特別的名稱：蜘蛛抱蛋，有葉蘭和斑葉蘭之分，它的樣子就像我們熟悉的粽葉，實際上斑葉蘭因為有股獨特的香氣，在東南亞的飲食當中，常被拿來包裹糯米蒸煮。葉蘭的顏色翠綠有光澤，一葉一葉的筆直有勁，葉片大、有彈性，常被用來做編織造型之用，其他如新西蘭葉，也有異曲同工之妙，但二者因長度葉形不同，呈現出來的造型和效果也不一樣。

在眾多的葉材之中，我對觀音葉可說是一見鍾情，不因它的名稱，而是它的樣子，此葉形似銳角的三角形，葉面墨綠，葉脈銀白色，葉緣周圍也有一圈極窄的銀白色。墨綠葉面和銀白葉脈相映，呈現出一種沉靜深遠的美感。因為觀音葉的造形獨特，所以插花時若用上一片，立即有了畫龍點睛的聚焦點，但通常僅用一片就夠，再多就失焦了。

我也喜歡鋸齒蔓綠絨葉，它的每一葉片都不盡相同，姿態優雅中帶點活潑，十分好看。或許跟我有同感的欣賞者不少，所以蔓綠絨成為受關注的觀葉植物。先前看到一則新聞報導，彰化田尾公路花園的一家園藝店展出一盆數十萬高價的「斑葉橘柄蔓綠絨」，之所以高價，在於這盆蔓綠絨葉綠葉的突變及無法複製性。

撇開這幾種觀葉植物，我也喜歡在野外山坡上盤聚成片的芒萁，芒萁是蕨類植物，俗稱蜈蚣草，葉柄呈Y形分叉，叉上分布生長羽狀裂葉，一看就具荒郊野外的草莽性格，有其他植物不容取代的氣質。

也是羽狀葉的銀葉草據說在國外很常見到，但我卻直到不久前才認識它，不知為什麼，銀葉草總讓我聯想起白雪紛飛的耶誕佳期，有一種溫暖的氛圍，也自然而然成為讓我歡喜的葉類。

愛花人都懂得欣賞「花中之王」牡丹的貴氣，也理解「牡丹雖好全仗綠葉扶持」這話的道理。紅花雖好，也要綠葉相稱，而一直被視為配角的綠葉們，其實譜系繁複，各有各的特性和樣態，頗耐人尋味。

理枝

插花的人大都有一個共同的經驗，即開始插作之前，面對花材整理的躊躇，花如人一樣，各有各的個性，看似相同的一朵玫瑰，細看會發覺不論花容，花開的角度、大小，明顯不同。連資深的花藝老師，拿到花材仍需仔細的觀察，才能決定如何理枝和定花。

理枝後就可以開始定花，這時插花者心中大概已勾勒出想要的架構。但難就難在前置整理部分，尤其是遇到「柳」類的花材，如雲龍柳、米柳、金柳、川柳等，更讓人不知如何裁剪下去，這類柳枝們都長得頗為詩情畫意，一副任風飄揚的樣子，一把的柳枝花材中常是姿態各異，長短不同，用這枝也不是，用那枝也不行，考驗插花人的判斷力。當決定好主枝後，為了讓枝條展現獨特強勁和漂亮的線條，需要摘除多餘的枝和葉，這時內心戲又會開始上演，畢竟一刀下去，枝斷葉落，剪太多、剪太短、剪錯了，都來不及回頭，這時得花點時間，左比右劃，猶豫不決，失去果斷力。

花藝創作為了表現流動的線條，摘除多餘枝葉是必要的，於是「捨去」便成為插花者的一門功課。在我的經驗裡，女真用來當茶花時，若只取一小枝，並摘除枝上大多的細葉，留下頂端的幾片小葉，能夠營造出一種縹緲的意象；柳枝亦然，理去旁枝雜葉後，再將枝條雕整出想要的線條。新鮮的柳屬植物都有耐折的特性，像雲龍柳或米柳常被用來當作花藝設計的基本架構，因它們易於雕塑出設計者想要的線條。

理枝後接著要理花，美麗的桔梗，一支莖上有若干分支，分支上常見開著兩、三朵花，這些花朵大小不一，在綁花束或花藝創作時，為了乾淨好看，經常只留下最大的一朵桔梗花，其他稍小的及花苞，則要捨去。我每次在摘除的時候，心中總會湧現「好可惜」的心情。遇到小雛菊，同樣要摘除不少未熟的花苞，摘下的花苞常比用上的多許多。不斷在捨不得的心情中糾結，卻也讓自己體悟，必須的捨，不斷的減，都是為了增加作品的美，只是談何容易啊！

過年前，應景，插花課上會出現許多應節的花材。除了牡丹菊大量被染成討喜的大紅色，許多的葉材也被染成金色，如竹子、滑木、尤加利葉等。大紅色配上金色的葉材，充滿過年的喜氣。初次在年節的花材中見到染成金色的蝴蝶葉，我有點驚豔，乾燥後的金色蝴蝶葉柄長二、三尺，穿插在喜氣洋洋的盆花中，就像一隻翩翩舞動的蝶兒，我覺得它們其實更像一個個小星球，迎向自己的宇宙。看到漂亮的五枝染金蝴蝶葉，我忍不住問老師，年花謝後，可否將其留下來，待明年再用。老師淡淡的回說：「你要照顧它，還要讓它在你家住一年，你覺得呢？」我沒有回答，但心裡已有答案。

下課回到家，我終於決心把櫥櫃一個大睡袋捨棄，這個睡袋是民國六十年代我讀高中時父母買的，那時父親和員林一家羽毛工廠有交情，那家工廠剛研發出羽毛衣和羽毛被等產品，因為是新產品，價格不便宜。媽媽買回幾床羽毛被，我們不再蓋棉被店打的厚重被子。後來，我前來台北讀大學，這個羽毛睡袋也成為我的行李之一，睡袋有點笨重，除了偶爾有親友來借宿，我幾乎不曾打開過，但它一直放在櫥櫃，即便搬家，也打包帶走，畢竟它的品質不錯。

結婚後不久，搬到目前的住處，主臥室有一座上下櫃的大衣櫥，上面是收納棉被和毯子的空間，羽毛睡袋就在那占一席之地。年復一年，每當季節交替，在收取被毯時，我總會看到那個有點舊的睡袋，留著它，是覺得它可能用得上，只不過在這三十幾年當中，那個睡袋用得上的只有一次，那是堂姪女前來借用的，姪女那時在台北讀醫學系，課餘參加山地服務隊。一天她打電話給我，問我有沒有睡袋借她，我趕緊說有。她來拿睡袋那天，看著嬌小的她背著羽毛睡袋，突然覺得那個睡袋實在笨重。

後來幾年，我初次去北印度和已先行前往的朋友會合、朋友請家人送來兩個睡袋託我帶去，她的睡袋小巧玲瓏，就像孩子玩的足球大小，當下我才知道，原來如今的睡袋如此精巧。隔年，我又要在冬天前去北印度，為順應當地旅館簡陋，便買一個輕巧的睡袋，放進行李箱也不占空間。

有了新睡袋後，換季收納時，再看看那個舊睡袋，我知道大概不會再用得上它，但卻沒動過捨掉的念頭，畢竟它看起來還能用，雖然很舊。過年前清理櫥櫃時，那個放在裡面的舊睡袋又引起我的注意，我把它拿出來，心想當初念大學的姪女，畢業當醫師多年，如今已嫁為人婦，從她借用後，睡袋沒再用過一次，真的可以丟了，只不過一放進垃圾袋後又覺得猶豫，四十幾年都過去了，好像也沒甚麼差別，於是又把它取出來，重新放回被櫥。理智上，我知道要跟它斷捨離，但因是父母買的，情感上難以放下。先生下班回來，我跟他說，我想丟掉舊睡袋但下不了手，請他幫忙處理，就這樣，睡袋占據數十年的空間終於清出來。

差不多同時間，我也想清理保險箱，我的保險箱不大，放著結婚時陪嫁的金飾等，差不多也就滿了。除了金飾，對我而言，箱子裡的貴重物還有兩個兒子的臍帶和爸爸中年突然過世時留在桌上的眼鏡和髮梳，那兩樣遺物被悲傷的我帶回來，用信封裝好放在保險箱中，轉眼三十多年過去，期間，我只有在每年過年前去繳年費時，才會進去開一次保險箱，因為塵封太久，每次一開箱都會有一股陳舊的紙張味，眼看信封早已泛黃。

一天和姊姊閒聊時提起這事，我跟她說以後可能要交代孩子們，等我身後，可以把爸爸的眼鏡等丟掉，畢竟爸爸五十五歲過世時，大兒四歲，小兒則在幾年後才出生，根本不認識外公。姊姊回說，能夠處理的最好自己處理，不要留給孩子做。想想，確實如此，於是幾天後去繳年費時，我便從保險箱取出爸爸生前的眼鏡和梳子。那是三十多年之後，我第一次打開裝物的信封，取出爸爸的眼鏡時，我忍不住要讚嘆，爸爸金屬材質的鏡框極大方，上框還裝飾一層貴金屬，看起來很氣派。我完全丟不下手，換了一個新信封收起來。大兒回來時，我帶著爸爸的眼鏡，去跟他訴說自己丟捨不掉的心情，他平靜的端視著眼鏡後，對我說，不要丟，不需要丟。心緒翻攪的我像是得到共鳴，快樂湧現，將爸爸的眼鏡收到我的床頭櫃。

元宵過後，年節的景致也告一段落，先生協助我拆除雙體的大型年花，將萎謝的牡丹菊、鳳梨花等一一從花泥拔出，拔到金色的蝴蝶葉時，他問我這些呢？我說不要了，他再確定一次，我說都丟吧！畢竟來年還會有新的蝴蝶翩翩，然而我也很清楚，有些物件能捨，情感卻難捨，好比父親對我的愛，以及我對他剪不斷的思念。

微山水

花藝插作之前，會先思索主花為何，然後開始挑選其他各式的副花、枝葉，通常準備五、六種花材，在顏色和線條的搭配上就顯得靈活繽紛。主花可以選擇的品項多樣，考慮到空間的架構，主副花或枝葉在插入花器之前，多少要將蕪冗的線條剪掉，譬如洋桔梗過多的花苞、或者小雛菊的未開花苞，一般會捨去。

不過，這些被裁剪的小花或枝葉，還是能變化出另一種風貌，只要換個一指高的小瓶投入，小花小草瞬間便成為視覺的焦點，讓人觀賞到細微的美和姿態。插好一盆花後，繼續整理裁掉的小花剩枝，將其插入適當的小花器，成為我插花的慣常，往往由一份花材衍出好幾個小瓶插，而這個行之多年的慣常，源於多年前的一次本栖寺之行。

那一年，我們一行約三十人前往富士山下的本栖寺參訪，本栖寺位在著名的富士五湖本栖湖畔，環境清幽，山水清明，由旅遊勝地山中湖進入，需經過一條迂迴的山路才能到達，這條彎曲的山路也順勢將寺院隔絕出一個出塵的環境。寺院背山面湖，前方可以眺望本栖湖，湖面視野遼闊，近在眼前的富士山，水中倒影又成一景；倚山的後方庭院，栽種各樣的植物，櫻花杜鵑楓樹梅花，隨著四季展顏，讓人再三駐足。因為寺院的環境有種自然的空靈和寧靜，所以參訪的團體到了這裡，通常不會安排外出的遊樂，盡量讓大家有多一點的時間在此靜心禪修，或者和自然環境對話。

為更豐富團員們的參訪行程，寺方特地在我們停留的兩天裡，延請兩位專業老師來到寺院幫大家上課，一個課是日本舞踊教學，大家先換上喜歡的浴衣，然後隨著老師的口令舞動，感覺團員們的舉足瞬間如古典仕女般的優雅起來。另一個課是插花，因我是名義上領隊，住持滿潤法師邀我一起準備花材。我一進到插花教室，看到桌上陳列了數十個迷你花器，高不過一、兩吋，材質有陶土、玻璃、白瓷、柴燒、竹器、木頭，造型各具特色，玲瓏小巧，每個拿在手上把玩，讓人不忍放手。

初次看到這麼多造型的小花器，我望向滿潤法師，他看出我的驚喜，說明這是當下流行的微形插花，用在茶席或小空間都是合適的，然後他說要趁這個時候去湖畔採些花材回來。我跟著他到穿堂入口處，換上雨鞋，各自提著一個鉛桶，桶裡放置剪刀，步出寺院往湖邊走。

出了寺院，沿著小徑來到了湖邊，湖邊有一個舊時供小艇停靠的木棧碼頭，是遊客們經常留影的景觀，循由棧道望去，更顯得本栖湖的遼闊氤氳。我們從棧道跨大步下去，踩在湖邊鬆軟潮溼的土壤。滿潤法師彎下腰，開始採剪蔓生的野花野草，我先是興奮的環顧一下四周，觀光的心情居多，也不知如何下手，瞄一下滿潤法師的鉛桶，已有露出的芒草、蒲公英，黃的粉紅的藍的小花草，於是我也趕緊彎下身，摸索尋找出適合入器的小植物。

我想，一般人甚少不喜歡花花草草的，那一堂微形插花課上，團員們依照老師的指導，從選擇小花器、小花草，再依主從、線條考量插入花器，氣氛也由剛開始的熱烈趨於安靜，每個人都專注在手上的插作。微形也是縮形，擴大來看便是一個個小宇宙。在這樣的插作中，每個人用手上有限的花材，在選擇的小花器上，全神地架構出心中的微山水，微山水中有土地、水、空氣、風和大自然的氣息。作品完成後，大家雀躍的分享各自的作品，方才在湖邊兀自生長的野花草，如今被安置在不同的小花器中，宛如有了另一個身世。

下課後，我回到自己的房間，一眼看到床邊的小桌上，擺著一盆微形插花，兩、三株狗尾草配上粉紫小雛菊，讓整個小房間變得靈動起來，納悶的是，先前進進出出的，卻對它視而未見。

源於這次的經驗，開啟我對小插作的注意，尋常進到一個公共空間，視線會自然被室內的花作吸引，有些飯店或餐廳，對花藝裝置特別用心，從大廳迎賓的千朵花型插作、餐廳的各式盆花，乃至餐桌中央的立花，都很講究，讓人身在空間中，也感染幾分雅氣。印象最深的一次是，去飯店參加百歲壽宴，壽翁的女眷多擅長花藝，所以除了特別的花藝設計外，每個客人的餐盤前還各擺一個小玻璃花器，器皿布滿紅玫瑰，襯上其他綠色從枝，色澤飽滿喜氣，映對著壽翁的福澤。這盆微型玫瑰花園也是當天的伴手禮之一，我至今保留著小玻璃花器，彷彿當日的喜氣都還留在其中。

接觸小插作之後，我也留意起花器，市面上合宜入眼的小花器不多，若有，不是流俗就是偏貴，這麼一來，生活上任意可取得的小小玻璃瓶就成為現成的花器。其實花器就如同土地一樣，不同的土地能滋養不同的生長，好比我有一個在日本買的小花器，由兩片陶土捏成一個倒「冊」樣，再上以淺灰釉色，小花器造型簡單卻充滿手捏創作的質感，用在茶席茶花上，常受到注目，這個花器因為插口淺小，只能插一兩株小花小草，奇的是，再不出色的小草一投入器，就是自然好看。

我曾在一個小市集，看到兩個女生在賣小石頭鑿成的花器，那時已近黃昏，假日市集將結束，我被小花器吸引上前，攤上的物件還剩不少，顯然生意不是太好，這些花器依石頭的色澤和大小定價。我拿起一個黑膽石的小花器端詳，攤主說那石頭是流經台中南投地區的烏溪產的，我回說知道，因為家裡就有一顆。簡單交談後得知，原來這些形狀不一的石頭花器，全出自攤主父親的手藝，他是一個愛石者。後來我挑了一顆產自台東的石頭，石頭身上帶有灰白色線條，是它出身的印記，但是這顆小石頭不太好插作，投入小花草，總覺得比重不對，石頭太沉小花太輕。但每次只要看到這顆石頭花器，就會想起女生努力推展父親石雕作品的心情。

學習花藝後，面對主花、從枝、綠葉，乃至小花小草，逐漸體會並懂得欣賞他們各自的美，花草從大地生長，經過陽光空氣水的滋養，再以各種不同的樣貌出現，不論被插成巨作或小品，都是微山水，同樣蘊涵大自然的訊息。

鏡中花

去年底，母子倆不約而同地忙著準備各自的展演。

大兒和好友成立一個舞蹈劇團並身兼團長，劇團規模不大，人手不足，從編舞、徵求舞者、排練、場地、攝影、音樂、宣傳、售票，環環相扣，每一個部分都需要關注。一個籌備甚久的作品在演出前夕，遇到五月間疫情爆發，只好延期，而延期得處理後續相關的行政流程，且這麼一來，和預定今年初發表的作品時間上相近，忙碌的情況可想而知。

同時間，我也投入兩個花藝展出的準備，兩個展出正好在同一星期，因為從來沒有過參展的經驗，所以當花藝老師在安排人選時，我很高興被老師選上。兩個展出分別是十一月二十六日揭幕的「福島前進節二〇二一『花藝應援線上賽』」，以及二十八日在五星飯店舉行的「花開初冬 Bloom in Winter 冬季插花花藝示範表演會作品欣賞」。老師的學生當中，除了我，還有其他幾位不乏經驗的好手一起參展，他們初步做出的架構設計都在我的程度之上，缺乏經驗的我，心想先做好前面的一個作品，然後再利用中間一天的空檔來做第二個作品。

離展出半個月之前，我先試著畫幾張構圖，我對西洋插花架構部分的練習不那麼成熟，把設計圖給老師看，老師說我這只是在插花，不是在做架構設計。那時我在課堂上剛認識了蔓梅凝這個花材，對於它的名字和果實由綠變紅的熟成過程感到歡喜，加上素來喜愛的鐵砲百合也上市了，所以便以「迎向晨光中的百合」為題，來傳達「十年後重生的福島，如群花迎接天光，展現美麗的容顏。以鐵砲百合花為主意象，因它長在沖繩和台灣兩地，代表彼此在生態和情感的聯結」。

我先到花市買了相關的花材，實插一盆讓老師看，老師在傳去的相片上更動架構線條回傳給我，看過之後，老實說，我並沒把握一週後的展出，自己會插出甚麼樣的作品。

「花藝應援線上賽」的前一天早上，我到花市，發現蔓梅凝已下市，只能找到兩、三把熟透的，當下決定放棄它，改用山歸來，然後鎖定鐵砲百合、針墊花，其他的配花就在現場邊看邊選。買齊所有的花材和相關材料，回家整理好花材後，便依著腦海中的意象以及給老師看過的設計圖逐次插作，經過一、兩個小時，花型已現，但有些細部卻因技巧不足，無法處理完美。整個作品完成後，看起來還不錯，各式花材靜中帶動的傳遞各自的美，平出的山歸來和直立昂首的鐵砲百合相應，顏色對比又和諧。

隔天早上，我小心翼翼的把這盆花送到一處指定的藝廊參展後，隨即又趕到花市去準備兩天後「花開初冬」的作品展。由於福島花藝應援這個展出花掉我全部的注意力，面對緊接而來的另一個展出，我幾乎沒有任何準備。眼看要一起參展的同學都已完成精細的架構，只待上花即完成，我卻有如被掏空般，腦中一片空白。

因是老師推薦參展，草圖得先過老師這一關，離展出時間剩不到兩天，我已經不可能做出太繁複的作品，然而簡單的又上不了檯面。面對時間和創作的雙重壓力，我生病了，不得已之下鼓起勇氣，艱難的跟老師開口「可不可以不要參加？」老師沉著臉回說，「名字都報上去了」。

展出的前一晚上，老師在花市上課，我在他的課堂上獨自背對同學，不太有把握的趕著作品，配合冬季展出的主題，我把作品主題訂為「小寒的生命力」，試圖表現出冬天裡的花容，我以葉蘭為架構，將每支葉蘭從葉軸對撕再捲起，總共用了將近十把，完成鋪底的架構，然後插上彩色海芋、伯利恆之星、唐棉、再綴以點點的紅色山歸來和一些松果，營造出耶誕的氣氛。作品完成後經老師過目，總算可於隔天早上送到展場。不過，圓形陶盤加上花泥和花材，整件作品十分的重，先生冒雨摸黑前來花市幫忙載回，初次前來的他，在偌大闃黑的空間裡，花了不少時間才找到我，一起搬回參展作品和隨身的工具。

展出當天上午，按照規則必須提前將作品送到會場布置，小兒氣喘噓噓地幫忙搬著作品到會場，放好後，但見各個參展的創作者都在自己的作品前做最後的調整，連投射燈的角度也不放過。就這樣，在下午花藝表演活動正式開始前，場外大約二十盆東洋和西洋的精美花藝作品已深深地吸引住觀賞者的眼光。

拍完自己陳列的作品後，我也不例外的加入觀賞者的行列，並對別人的作品發出由衷的讚嘆，但覺一山還有一山高，花藝創作真是一門無止盡的學習。隨後我進場觀賞當天受邀手綁花束示範的花藝設計師們的作品，其中包括我的老師。十來位知名花藝師的手綁花束，造型獨特華麗，由帥氣的男模們手執走秀，在現場掀起陣陣熱烈的驚喜，也蒸騰出冬日的節慶感，讓人沉浸在初冬花開的美好。

表演在高潮中結束後，觀眾們步出會場，來到場外喝茶，我在一旁靜靜的等著小兒返回現場幫忙撤展。當觀眾差不多都離開了，所有參展的花藝師幾乎同時地將自己的作品搬離，瞬間花去人空，場內場外一片冷清空蕩。我跟在小兒身後，看著他吃力的搬走我參展過的作品，頓時間巨大的疲憊襲來，不過內心持續的亢奮卻持久不退，又累又滿足的心情交雜。

那個晚上，我趕去看大兒劇團劇名《百合》的最後一場演出，百合是舞作中女主角的名字，創作者藉由舞蹈鋪排出百合這位女性由年輕至年老平凡卻堅強的一生，我知道創作者為了演出費了許多精力，不斷不斷地排練，講求的服裝、造型、道具、燈光等等，但求以最佳的表演呈現在舞台上。劇場空間不大，可以感覺觀眾全神的投入，舞作結束後，幾位男女舞者在觀眾熱烈的掌聲中，數次出場謝幕，我近距離可以感受到他們的喘息及一顆顆滴落地板上的汗水，曲終幕謝後，全場燈光亮起，舞者走下台各自和現場認識的朋友寒暄著，我也趨前跟以劇場為家，多日不見的大兒招呼。有些倦容的他要我們先行回去，因為他們還得留下來拆卸舞台。

我緩緩步出劇場，回首再望，演出的布景已經卸下，舞台應該很快被淨空，而方才熱烈掌聲彷彿不絕於耳，卻已人去景空了。安靜地走在車子川流的馬路旁，夜色很暗，但我心中卻有一絲光源，身心處在暖和的狀態，我明白無論花展或舞展，呈現過後，場面歸零是一種必然，不過曾經動人的美好經驗卻在腦海留下印記，宛如鏡中花。

侘寂之花

插花課上總是話語不斷，大家一面插作，一邊閒聊各種話題。剛開始，為了融入課堂的氣氛，我也會加入聊天陣容，間覺察到應該專心點，趕緊收口，將心思拉回眼前的作品，隨又困在沒有頭緒的進度，每每手忙心也忙。

插花時的言行能夠反應每個人的態度，幾個活潑的同學在口頭上和老師互動外，也常有讓人捧腹的笑點；話題最熱絡的是談到各人的寵物犬，奇怪的是，同學們幾乎人人家中都養狗，有老狗、小狗、大狗、聰明狗、笨狗，當狗的話題出現，從獸醫、狗糧到狗脾氣，沒完沒了，這時從小就怕狗的我，完全失去話語權，只有默默的插著花。有時，課堂裡也會有點火藥味，那是談到疫苗的施打時，有人完全不打，而支持國產和施打英國、美國的則各執一詞。

無傷大雅的話題伴著花藝課持續著，一位年長的女同學說，她最喜歡在插花課時聽到這些話語，對她是一種很好的生活療癒。我雖然偶爾會搭上幾句話，但不算是聊得很熱絡的，我多半還是會察覺到，應該把心專注在花上，每次都在心思的拉扯中，勉力完成作品。

上課約一年後，島內第一波的疫情忽然間大爆發，緊張氛圍蔓延，各種公開的活動依規定紛紛取消或延期，連插花課也不能上。隨著疫情的上揚，家人們一個個改成居家上班或教學。關在家裡，在人際社交間逐起一道道防疫牆後，日久連自己都感到身和心的疲乏，這時老師變通地採取線上教學並開放用快遞送花，於是我開始跟著在線上學插花，並在週五下午等候快遞送花材來。

快遞上門的時間不一，有時因件數多，等到天黑還沒送到，讓人望眼欲穿。因為要烹煮晚餐，加上餐後收拾，我往往等到家務告一段落才能坐下來開始插花，這時多半已九點過後。一次，直到夜裡十點多坐下來，那一天的花材包裡有三把共三十枝的葉蘭，先將每一枝葉蘭剪掉長柄後，左右葉片對摺，再把二十二號的鐵絲作成的U形針，在對摺的葉柄處，等距離共穿三處，然後用U形針刺入花泥，一層續一層，完成由葉蘭摺疊成的圓形花盤。

夜晚十點多，工作了一天，體力和精神都有點不濟。但考慮到花材下午送來，如果不儘快將花擺入架構中飽水，花材會萎掉，只能打起精神坐在餐桌前做作品。這時，家人都已關在各自的房間裡，客廳只有輕柔的音樂伴著。我摺完一把葉蘭後，時鐘已過十一點半，小兒走出房間取水，看到滿桌的葉片和工具，對我說「看起來你還有很多工作要做」。我苦笑一下，感覺到夜深了，起身把音樂關掉，然後我不再盯時間，反正就是要做到作品完成為止。

我聚精會神的摺著葉蘭，釘入U形針，一片接一片，因為是初次做這樣的工序，速度不快，我也不急，偶爾抬起頭瞄到牆上的掛鐘，已是凌晨的一點多了，忽然之間我意識到幾小時前的疲累盡失，當下身心處在一種平和舒適的狀態，兩點半左右，我完成整個作品。三十片對摺的葉蘭層層疊疊平插在圓形花盆容器裡的花泥，形成環形起伏的波浪狀，再在葉蘭片間插上橘色針墊花、粉色玫瑰、桃色千日紅、米白非洲太陽菊，完成後的作品顏色鮮明對比，賞心悅目，我將作品放到客廳桌上，收拾好工具，上床後一夜好眠。

後來又幾次經驗，我慢慢意識到，獨自安靜地插完花後，對我竟有一種意想不到消除疲憊的效用。插一盆花少則一個多小時，架構繁複的話，三、四小時都不夠，看是靜態的事，但或坐或站著，還需使用各式花剪工具，其實是耗體力的，因此插完花，精神反倒變好的現象，讓我覺得有點神奇。

隨著疫情四處蔓延，長達數月待在家中，更多回的夜裡安靜地插花，少了課堂上的互動，我心無旁騖地面對每一朵花、每枝葉，也愈發確信插花的過程對自己有顯著的療癒作用，我猜想或許因為心的專注，對植物飽滿的精氣有了正向的領受。

後來，我愈能體會一個人插花的平靜，我細細的觀看每朵花的形色，小菊花常被用來當從枝補空間，狀似不起眼，但它散發出來的清香氣息，讓人感受到它歡喜的存在，我還歡喜苔木，以及和它共生的松蘿，二者纏繞垂懸，顯現它生長的高度，形態也別具詩情畫意。

當疫情趨緩後，插花課也開始恢復實體上課，同學們許久未見，大家似有更多的話語分享，諸般話題天馬行空的跳接。習慣先前安靜的模式，我知道自己得面對在閒聊中的學習，我試著把心神專注在眼前的花材。話語在狹小的空間穿透，但逐漸的對我不再是干擾，我聽到這些談話，讓它在我的聽覺裡來來去去，有時跟著笑，但不攀附不評斷。在三個多小時的課堂結束，凝視自己完成的作品，平心靜氣中湧現微微喜悅。

學習的時間增長，面對的插作技巧也相形繁複，但我不再愁眉，雖然仍沒有把握能做出什麼樣的花藝作品，但我仔細觀察手上的花材，思考如何呈現它們的生命力和風采。

後來島內又再次爆發第二波的疫情，老師請假，同學請假，此次雖然沒有正式停課，但因生病的人不少，也算是停了。當大家重新再在課堂上見面時，老師給每人一大包中藥材故紙花、一個歐式高腳花器、和兩塊乾海棉做架構，做法是先將兩塊乾海棉疊高擺進花器成六十公分高的長條柱，再將三片故紙花釘一起，U形針彎曲的一端沾白膠插入三片故紙花間，然後將兩支尖端處刺入海棉。

故紙花是紫薇科植物木蝴蝶的成熟種子，一片一片橢圓形的，基部有一種子，其他三面狀似蝴蝶的薄翼，又有千層紙、玉蝴蝶的別名，做為中藥藥材有治乾咳、聲啞的功效。

將故紙花從包裝袋中倒出，逐一檢視，但見這些故紙有的伸張雙翼，完整美觀，有的雙翼破損或部分凹折，得慢慢將其伸展開來，才能作業，就這樣夜裡一片片撿黏，工序很多，動作要輕，進度十分緩慢。

一天、兩天，直到近兩週，故紙花架構的高度漸漸過半，我持續在夜深人靜的時候抽空黏貼，時時端詳每一片故紙，不論殘缺，想像它在枝頭招搖的前身，如今它已蛻變成透明的蝴蝶狀。故紙輕盈，黏紙人沉靜，據說黏到約一千多片，這個花藝架構就可以完成。繼續專心黏貼，夜寂寂，唯故紙花與我為伴。

花的下半場

都說人無千日好，花無百日紅，將花的一期生命和人生互做對照，會發覺有很多相似的過程，這樣的感覺在生活當中具有普遍性，從文學作品或藝術創作更能看到以花擬人的意象。

花由含苞到盛開，讓人有種充滿希望的期待。當花朵盛開時，從被視為富貴之花、尋常花朵，乃至路邊的野花，無不展現光采飽滿的花顏，各有各的美麗與香氣。盛開的花不僅吸引著蜜蜂蝴蝶，更擷取愛花人的目光，只是當花期過後，逐漸凋萎，也意味著它要進入這一期生命的下半場，通常這時已經綻放過的殘花都是無聲息地零落，很少人會特別想去看花謝的樣子，畢竟凋零情景難免讓人傷感。

花的凋萎方式千奇百種，有的瞬間枯萎，如同曇花；有的卻如同一場儀式般，緩緩的進行。生長在大自然裡的花朵，開謝之間自有四時行焉的軌跡，王維〈辛夷塢〉：「木末芙蓉花，山中發紅萼，澗戶寂無人，紛紛開且落。」的詩句千古傳誦，引起大眾的共鳴，正因他用短短的五言絕句，道出長在深山野外的花朵自開自落的生命情境。

在做花藝創作時，得將花朵枝葉從原野或花圃採集回來，再以技巧和美學觀點來進行插作，插作伊始，創作者會先進行前置的理花作業，該摘葉的摘掉，需剪短的就剪，該去蕪的就去，好像裁縫師得先把布裁好才能縫製。當花和葉子都整理好，就可以創作了。花藝作品多半採用的是切花，無論以劍山或花泥為基底，至多插置一個星期，容器中的群花和葉片大致便凋萎了，因為花藝作品能夠就近觀看，也更能細細捕捉到凋謝的過程，花朵凋謝通常是漸進式的，慢慢的枯萎，萎到了極限就零落。

而草本和木本的凋謝情形也不同，有些草本花直到凋謝時都還保持著完整的花容，如非洲太陽菊、向日葵、菊花，它們的生命力是從莖慢慢流失，當莖腐了，一期生命也跟著結束；鬱金香含苞待放時十分討喜，但遇到豔陽，花苞很快開成一個大笑臉，再多晒幾天太陽，笑臉整個笑翻過去，觀者自然知道這就要謝了；有些花在凋萎的過程則顯得拖泥帶水，如百合的花瓣會逐漸脫落，杜鵑也是；木本的如杏花、桃花、櫻花，謝過之後，枝幹會長出新芽，進入下一期生命，至於那些松柏之類的，好像都不會謝，永遠常青。

觀察花的下半場，其實和人的後半生很相近。有些人從年輕到年老，看起來差別不太大，感覺都不會老；但有的人則少年就白了頭，外型和年紀很不相符，我自己應該是屬於後者，也就是大家常說的「老起來等」，記得小學六年級，我去看電影時，就被收票人員要求買全票；大一上文化大學時，每天要搭好幾段票的公車上陽明山，民國六十幾年時，台北的公車還有車掌小姐，拿著一支剪票機剪著學生的月票，輪到我出示月票時，車掌一把將我的月票收走，沒好臉色地問「你為什麼拿學生票？」我說「我是學生啊！」但因沒有隨身帶著學生證，只能眼睜睜的看著月票被收走。

這樣的我，對於人生階段的區隔，並沒有明顯的覺受，直到三十多歲進報社副刊工作時，才忽然發現自己的年輕。那時報社副刊組的同事多半已有文名，也都年過不惑，已有兩個兒子的我，老大即將讀國中，進入這個臥虎藏龍的組別裡，竟成為年紀最小的，那也是我「年輕」的時代。

彼時還是手工拼版的年代，文學事業還有些許榮光，學界和文壇上重鎮雲集，「年輕」的我，在編務之外，還要負責組內活動，小至聚餐尋找有二十人以上的包廂，或餐後續攤場合，大至辦大型的國際學術研討會，當然包括幫大陸的學者辦來台手續、到警察局對保、行程安排、機場接人。偶或還有移師南台灣會議的餐旅交通安排、會議手冊、論文印刷等等。除此，還得打點自己在幾天的研討活動中，每天不同的套裝。同樣的，那時我也常有機會到國外參加各種文學活動。在這樣的工作環境裡，偶爾會聽到齊邦媛老師捎來對自己文字紀錄稿的肯定；周夢蝶忽然就從新店來，等在報社大廳要親自交稿，他不多話，遞過稿後會伸出手來，他握手的手勁很重，和清臞的身影反差大；在文學獎的決審會議上，姚一葦老師總是一派紳士，吳念真、張大春正壯年，余光中、鄭清文、李喬、張曉風、李永平也來過。我去過林海音老師早期在延吉街的家、後來逸仙路的家，最後還在瘂弦主任的帶領下，去醫院探視八十多歲住院中的她。

先生瑞騰有陣子發奮圖強，每天清晨會去國父紀念館晨跑，不例外的，回來總說遇到何凡和蔡文甫，兩位老先生天天早上都在那裡運動。九歌的蔡文甫先生那時候常在晚上打電話到家裡來找先生，我接到他的電話都不多說，立即轉接，因為他說話又快又急，鄉音重，我聽得吃力；詩人張默也常打電話到家裡，他說話同樣又快又急，劈頭都是：「李瑞騰在不在？」他的好友洛夫住在莊敬路，我也曾去過他家，後來看了「他們在島嶼寫作」的《無岸之河》，格外的有種熟悉感。

那時還沒有手機，聯絡作家都靠市話，工作多年後，我竟然在無心中練就一項本事，能背好些作家們家中的電話號碼。

在報社工作十多年後，原來的前輩們都有其他的生涯規劃，陸續離開，不知不覺中，我竟然成為組裡最年長的。工作整二十年後，依職場的法則，最年長的我選擇離開，那一年我五十七歲。有時不免恍神，曾經的最年輕，怎麼一下子變成最年長的。

進入人生的下半場，歲月催迫的感覺與日俱增，那是一種很難與人言喻的心情，因為自己有著過人的記憶，過去日子的片片畫面幾乎猶新，那些文壇先進的風範，那些活動不斷杯觥交錯的雅集……都如走馬燈般的閃爍。但事實上，我輩都已坐六望七，老前輩則都進入古稀之年，或是紛紛凋零。

在這樣的心情中，我確確實實的感覺到自己的年紀，但沒有「那美好的仗已打過」的惆悵，畢竟生老病死是生命的一種必然，在必然中處之泰然，是一種必須的學習。有時不免覺得過去如湍流般的忙碌生活，似是為迎向寬廣的河口做準備。在平靜的河口遠眺寬廣的海洋，是人生下半場能逢的珍貴風景。

在一個大型的花展中，我注意到有幾個創作者特別著重表現「凋枯」的意象，花材中的白色天堂鳥，介於枯與不枯的神祕色調；花盆中的玫瑰百合、苦苓子、山防風、椰葉、金杖球，有的萎有的不萎，卻同樣好看，各有其美。我還常在花市看到一大箱一大箱過熟賣不出去的切花，被堆上垃圾車，初時總在心底低喟「好可惜」，逐漸的就不再升起情緒，因為意識到凋零之花將重回大地，化做春泥更護花，這是生命的自然循環。想來人和花一樣，不論上半場、中場，乃至下半場，每個階段都有每階段的美麗與價值，且自珍重。

花間尋徑

那時，離花的距離尚遠，公司偶有活動需要花藝布置時，會有插花老師和義工們前來幫忙，多半插不上手，便站在一旁觀賞或讚美。有一位較投緣的義工，歇時會相互寒暄幾句，這位中年義工外表樸素，相談之下才知原是個花藝高手，她說年輕時經營公司，手頭寬裕，也會去上國外花藝大師來台教授的課程，那樣的課程收費可不低。

後來呢？為什麼不再繼續學習花藝呢？我客氣地問著，但她沒有給答案，我也不得其解。

然後，我開始有機會學習花藝，最先在網上尋找課程，報名一個大學推廣教育的歐式花藝課程，上課前，卻接到課開不成的通知，於是又蒐尋著，找到台北花市的花藝班，誤打誤撞報名了美國花藝設計學院證照班。如今想來，上第一堂課時，可是信心十足，因為自忖大學時學過短暫的池坊，所以拿到花材便立即插作起來，日後才知當初除了勇氣可佳，可說毫無章法。

證照班依其考試層級，分為設計師、講師、教授三個階段，我因不明所以，先上了講師課，上完後卻得從設計師證照開始考，考完後才又回頭補修設計師的課程，也就是說所學的和應考的完全不同，但那時我還在初生之犢的狀態下，接受幾次的模擬練習後，就上場並通過第一關的考試，透過應試的節奏和學習，才真正走上花藝學習的道路。

學藝之初，手上的工具只有一把年輕時使用過的東洋花剪，多年來，我一直留著它，一次給老師看過，老師說可以捨棄了，於是換成一把新的，又添購一支西式小花剪，然後有了鉗子、鐵絲剪、除刺器，彼時只要新購一種器具，總是充滿歡喜，感覺又要學到新技巧，原先沒有除刺器時，常因赤手除刺，被玫瑰花刺得哀叫，當工具到手，得學會掌握的手勢，否則仍不可避免被花刺到，差別只是不再發出哀叫聲了。不過在課堂上偶爾仍會聽到有人被玫瑰刺到的疼痛聲，老手們通常有所共鳴地安慰說，學插花的人都會經過這些過程的。

證照考試的第一關有胸花項目，胸花製作需要用到鐵絲和綠色膠帶，在過猶不及的心理下，買了鐵絲包，裡面擺放從十八號到三十號粗細不一的鐵絲，沉甸甸的。鐵絲穿刺是我的弱項，因為我素來粗手粗腳的，要用細細的鐵絲穿過一片片的花瓣，對我而言，難度很高。為了備試，除了準備多種的鐵絲，只好靠「勤能補拙」因應，不斷的練習。

接下來第二關講師的考試，有一美式捧花的項目，至少要綑綁六十根鐵絲才可能及格，那一陣子，我家餐桌上經常擺著鐵絲包，大小不一的花朵。考試前夕，老師對我的程度有點掛心，但箭已在弦上了，我應試時只能盡力的將一根根鐵絲穿過花萼後對折，再用綠色膠帶綑綁。由於有計時限制，考試現場氣氛緊張，加上有人被鐵絲扎到，甚至被花剪刺傷，狀況不一，自己但求穩住心緒，把作品完成。

沒想到，這次考試我的分數還不錯，老師非常高興，特別送我一個他珍藏的皮革工具腰包，這個工具包可以擺列多把花剪，配戴在腰間，頓時就有花藝師的氣勢，但我一直不敢戴，覺得自己的技藝還不夠佩上。

隨著學習時間的增長，我開始有了參展和幫公司插花的機會，公司設有一佛堂，供奉一尊木雕的釋迦牟尼佛，因為在內部，鮮少人知，於是我自告奮勇擔任供花者，為此常去花市買花。花市裡販售的花草琳瑯滿目，我一家花商也不認得，每次都是任意挑選，然而我畢竟不是行家，偶爾會買到不甚理想的花材，好比一把把的二十朵玫瑰花包裝整齊，從外觀上看不出放了多久，買回去後拆除包裝的塑膠紙後插作，有的兩天後就凋萎了，令人失望；也有的很新鮮，一星期過後還盛放，讓我的心情跟著飛揚。

或許真的是經驗不足，每次到花市挑花，感覺都在碰運氣。某次，過節前大費周章地到花市買了十幾種類的花材，仔細插好兩大盆的供花，不料隔天早上接到同事的來訊，說其中的主花已略凋，當下心焦不已，卻也無花可替，心情就這般隨著花開花落起伏。

同時間，又被老師指名參加幾次花藝活動的會外展，因為參展名額限制，老師通常會選少數資深的學生搭配一、兩個資淺者，而我分明是資淺者，看著學長們精緻的展出作品，我完全弄不清他們的架構如何完成。「先用電鑽在木板上鑽洞，再用熱熔膠將木條黏合，然後綁上試管……」聽著學長們的解說，感覺那些花藝上的技巧離我好遠。

終於我也需要用到熱熔膠槍，興奮之餘卻頻頻被熱膠燙手，但我不以為意，覺得又學會新技巧。講師考試通過後，我一鼓作氣地接續通過教授的考試，也取得了參加教授研習班的資格。疫情後期，研習班邀請到德國花藝大師葛雷歐洛許（Gregor Lersch）前來授課，睽違三年重新開課，雖然學費不低，仍舊一位難求。上課須知注明要自備個人常用的花藝工具。

這時我的工具箱已頗有分量，東洋花剪、西洋花剪、大剪、鐵絲鉗、尖嘴鉗、釘書機、不同的除刺器、雙面膠、白膠、膠帶、魔繩、束線帶、熱熔膠槍、鮮花膠等，外加一個有點重量的鐵絲包，準備著這些配備，我不禁揣想公司那位樸素義工當初的學習情境。

葛雷歐洛許的「位移設計及非對稱技巧」主題教學十分精采，但對我而言卻力猶未逮，且當是觀賞世界級花藝大師的展演，開闊眼界。我持續學習，希望能夠更進步，並想像有一天腰間佩戴裝著各式花剪的皮革工具包上場的情形。

疫情尾聲，當各國國境幾乎都開放時，我有機會去越南走訪幾處世界遺產和文化古蹟。上課時跟老師請假，老師說越南人很愛花，這也激起我一探究竟的心情。

飛抵北越，從河內機場出來，隨即看到機場外的長廊有一個花攤，心想老師說的果然不差。一路經過街道，常有花店躍入眼底，那些花店的門口擺著一束束的鮮花，花朵單一，花型變化不大，如一大把圓形狀的玫瑰花束、向日葵花束、百合花束，那些花束看來樸拙，和我的預期有些落差。到各大寺院參訪，但見供桌上擺放一盆盆單一的鮮花或蘭花。解說員說，越南人在供佛時，以花為首供，因為他們認為花是最美的，供佛自當供上最美的。沿途參訪，每每看到佛前供的鮮花，不免會在心底評判供花的方式和插法，這樣原始的瓶插或大剌剌的盆插，完全顛覆我所學的花藝技巧和理論。

旅行到了後半，所到之處仍未見符合花藝技巧的供花，於是說服自己，放掉既有的見解，且單純的去欣賞當地的鮮花吧，花朵本身最美，其他的雕琢不過是基於人為的美感與操作。這樣的想法讓我放下評斷，不再沿途比較，似乎更能感受花朵的自然美。

回程時無意間讀到「既雕既琢，復歸於朴」這句話，頓時有被棒喝的感覺，莊子早在兩千多年前即已洞察祛除雕琢之後自然的本質，然而我仍不免要繞很多路，才能體會出此話的道理。

後記

關於日後和花的一切開展，源自於一次機遇。

二〇一四年起，我接連幾年冬季都飛去印度菩提伽耶聖地，參與為世界和平祈願的法會。為轉搭從曼谷直飛菩提伽耶的班機，每次都要大清早摸黑從家裡出發，前往桃園機場搭七點多的泰航。

這趟早班飛機乘客很多，尤其要轉機前往印度的旅客幾乎都竭盡所能的帶滿行李，check in的隊伍相對擁擠。二〇一五年那次，在隊伍裡等候，有一個女士走上前問我和姊姊，能不能幫忙他們所帶的幾部大藏經一起過磅。都知在機場最忌別人託東西，我警覺地問為什麼要帶大藏經，她說他們來自中部某寺院，是這次法會負責壇場的花藝義工，所攜帶的大藏經要放在壇場上。我心想大藏經裡應該不致藏違禁品，便同意了。

在菩提伽耶舉行的法會通常為期一星期，法會設在一處空地搭建的大棚子，廁所在棚子前台後方的不遠處，休息時間，大眾要前往廁所時，必須走過棚架旁的唯一走道。經過這條走道時，我總會張望後台工作區的動靜，每每看到那些有一面之緣的花藝義工們正快速地在更換壇場上的鮮花。

那時，我在心裡暗地期許，有一天，希望自己有能力像他們一樣，在壇場上供花。這份心念一直擺在心底，未曾或忘。

回到台北，上網蒐尋，發現花藝教學多元普遍，但卻找不到「供花」的課程，有一次，蒐尋到一家寺院有開設晨間的供花班，但上課時間很早，地點又有點遠，似會影響到作息，便沒有付諸行動。二〇二〇年春天，忽然看到台北道場的社教課新開一門「供花」課，上課地點就在我工作的大樓，感覺這課好像是為我所開的，立即報名開始上課，供花課上完春季班後，循例放暑假待秋季班再繼續。上完十堂課的彼時，意識到自己已經不年輕，迫切需要更多的學習，於是利用供花課放暑假的幾個月，去上一期的西洋花，沒想到上完一期的課後，發覺還有太多學習的空間，捨不得放棄，於是秋季開始，同時出入供花和西洋花的教室，而這時 COVID-19 病毒已大規模的在世界各國肆虐。

二〇二一年春，受《人間福報》副刊主編覺涵法師之邀，我開始每月寫一篇欄名「花就是禪」的文章，文章發表不到幾篇，聯合文學出版社的周昭翡總編輯讀到，向我邀約這本書稿，我跟她說，再看看，我才剛開始寫，預計要寫兩年。春天不到盡頭，病毒大舉入侵，全台在疫情的襲擊下，風雲變色，上班變遠距，學校停課，花藝課也不例外。

真正踏入花藝教室，才曉得花藝不純插花而已，既名之為花藝，必有背後的文化傳統和美學理論，必須跟著老老實實的學習，學習過程中難免會遇到挫折，以及自我的內在矛盾，諸如剛入門就遇到疫情停課，或者眼高手低，但系列書寫已展開，因為書寫的關係，讓我必須往花的內裡探尋，挖深織廣寫作的層面，也逼我必須克服各種學藝的障礙。逐漸地，我拿起花剪不再猶豫，日積月累也有了佛前供花的機會，並從別人歡喜的眼光中得到肯定。

想來，是一個願心將我帶入花的世界，是花成就了這本書，而這本書也寫下疫情三年間習花過程的諸多況味。

本書能夠完成，得到很多人的滋養，首先要謝謝教授供花的中華花藝張月理老師、教授西洋花藝的李清海老師。

感謝蕭蕭老師的賜序，他的提點讓文本有更深刻的意涵。

謝謝主編覺涵法師，還有等這本書兩年的周昭翡總編輯。

特別要感謝家人的支持與協助，尤其是先生瑞騰，不論風雨，常在夜晚的插花教室外，等候接送疲累且搬著一堆工具和花材的我。姊姊錦惠曾和我一起學習西洋花，攜手參與各階段的鑑定考試，經驗美好。兩個男孩時雍、時雋在日常生活裡的陪伴互勵，讓身為母親者可以在耳順後，任性的繼續朝向夢想邁進。

最後謹合十，謝謝一切的好因好緣。

國家圖書館出版品預行編目資料

花希望成為自己的樣子 / 楊錦郁著 . -- 初版 . -- 臺北市 :
聯合文學出版社股份有限公司 , 2023.06
216 面 ; 14.8×21 公分 . --（聯合文叢 : 730）

ISBN 978-986-323-544-6（平裝）

863.55 112008808

聯合文叢 730

花希望成為自己的樣子

作　　者／楊錦郁
發 行 人／張寶琴

總 編 輯／周昭翡
主　　編／蕭仁豪
編　　輯／林劭璜　王譽潤
資深美編／戴榮芝
業務部總經理／李文吉
發行助理／林昇儒
財 務 部／趙玉瑩　韋秀英
人事行政組／李懷瑩
版權管理／蕭仁豪

法律顧問／理律法律事務所
陳長文律師、蔣大中律師

出 版 者／聯合文學出版社股份有限公司
地　　址／(110)臺北市基隆路一段 178 號 10 樓
電　　話／(02)27666759 轉 5107
傳　　真／(02)27567914
郵撥帳號／ 17623526 聯合文學出版社股份有限公司
登 記 證／行政院新聞局局版臺業字第 6109 號
網　　址／http://unitas.udngroup.com.tw
E-mail:unitas@udngroup.com.tw

印 刷 廠／沐春行銷創意有限公司
總 經 銷／聯合發行股份有限公司
地　　址／(231)新北市新店區寶橋路235巷6弄6號2樓
電　　話／(02)29178022

出版日期／ 2023 年 6 月　初版
定　　價／ 360 元

ISBN 978-986-323-544-6（平裝）